여러분의 선택들이 모여
가장 좋은 판본이 되기를.

천현옹

# 인현왕후의
# 회빙환을 위하여

# 인현왕후의
# 회빙환을 위하여

## 현찬양

위즈덤하우스

# 차례

**인현왕후의 회빙환을 위하여**  ·· 7

**작가의 말**  ·· 114

**현찬양 작가 인터뷰**  ·· 119

중전 장씨의 저주로 인해 폐비 민씨가 죽었다가 살아났다는 사실은 경복궁 사람들에게나 한양 사람들에게나 공공연한 비밀이다. 장씨가 보낸 의심스러운 과자를 먹고는 건강하던 폐비가 사흘 밤낮을 끙끙 앓더니만 결국은 숨이 멈추었다가 한 식경 만에 다시 깨어났다는 것이다.

　　지나친 투기와 패악으로 임금에게 버림받을 정도였으니 폐비 민씨의 성정이 악독하다는 것을 모르는 이가 있던가. 한데 되살아난 민씨는 순하고 착했으며 무엇보다 이전의 기억이 조금도 남아 있지 않아 그를 모시던 정상궁조차 알아보지 못할 정도라고 한다. 심지어는 입맛이며 의복 취향, 말투까지 바뀌었으니 참으로 이상한 일이라고 하겠다.

물론 이 일의 진위에 대해서는 논란이 있으나 반송방* 담장 안에서 연일 들려오던 고함과 패악질이 멈춘 것은 틀림없는 사실이다. 사람은 죽을 때가 되어야만 성정이 바뀐다고 하니 이것이야말로 그가 죽었다 살아났다 말할 수 있는 확실한 증좌가 아닐 수 없으리라.

"이게 무슨 소리란 말인고."

* 인현왕후의 친정집. 안국동에 위치한 사저이다.
현재는 감고당으로 더 알려졌다.

조보*를 쥔 민씨가 가볍게 손을 떨었다. 악독하다니 누굴 두고 하는 말인가. 투기? 패악질? 살아생전 한 번도 그런 단어들과는 친하게 지내본 일이 없기에 민씨는 당혹스럽기만 했으나 그를 보는 정상궁은 그렇지 않은 모양이었다.

"사실 틀린 말은 아닙지요."

"틀린 말이 아니라. 그럼 낭자가 보기에는 내 정말 악독하기 그지없는 악녀란 말인가."

"그게 아니라 사람이 정말로 바뀐 것 같아 드리는 말씀이어요."

정상궁은 자신의 의견을 자연스럽게 눙치며 민씨의 초조반** 상을 차렸다.

"저수시지요."

* 승정원에서 관보로 발행한 신문.
** 궁중에서 아침 식사 전 간단히 먹는 끼니.

"어찌 사람을 앞에 두고 혼자만 식사한단 말인가. 같이 들고자 하니 낭자는 거절하지 말라."

민씨가 와병 생활을 마친 지 며칠이 지났으나 하루아침에 바뀐 저 문어체의 말투는 아직도 적응되지 않았다. 게다가 자신을 낭자라고 부르고 있지 않은가. 상궁은 저도 모르게 이마를 손으로 짚었다.

"마마, 소인을 낭자라 칭하지 마시라 하였는데……."

"아, 그랬지."

"마마께서 사가에 계실 때부터 20년을 모셔온 정상궁입니다. 정녕 소인을 알아보지 못하십니까."

"미안하네."

"사과할 일은 아니옵니다마는……."

정상궁의 시름이 깊어졌다. '아아, 이 일을

어쩐단 말인가. 내가 모시던 상전은 이혼의 아픔을 견디지 못하고 정녕 미쳐버렸구나.'
정상궁은 시무룩한 얼굴로 상을 두고 방을 빠져나갔다. 더 이상 민씨의 얼굴을 볼 용기가 없었던 탓이다.

혼자 남은 민씨도 답답하긴 마찬가지다. 그의 의문은 명확하고도 단순했으나 아무도 속 시원히 일러주지 않았기에 가슴에는 울화만 쌓여가고 있었다.

그러니까 여긴 어디고 나는 누구지?

주근깨 가득한 얼굴의 정상궁이라는 자는 자신을 자꾸 마마라고 부른다. 마마라니 어찌 그런 불경한 칭호란 말인가. 과거에 장원급제한 한림학사의 처로서 마님이나 부인이라는 말은 들어봤어도 마마라는 말은 처음 들어본다. 민씨는 식사도 하는 둥 마는 둥 하고 다시 이불 위로 드러누웠다. 노랗게

들기름 바른 종이로 덧대어진 장판과 하얀
회벽에 두꺼운 서까래가 얼기설기 얹힌 천장.
이전에는 본 적 없는 건축양식이다.

"낯선 천장이로다."

그러고 보면 그저 이불을 바닥에
깔아둔 것도 이상하다. 지체 높으신 분이라
말하면서도 침상을 내어주는 대신 이불을
깔아준 것은 내가 폐비이기 때문인가. 나는
이곳에서 이토록 천대받고 있는 것인가.
민씨는 우울했다.

사실 민씨의 기억에 '민'이라는 것은
자신의 성도 아니었다. 그가 알기로 자신은
사씨였는데 적어도 그의 기억은 그랬다는
소리다. 며칠 앓고 일어났더니 이전에 알고
있던 모든 것은 다 허상이 되었고 난생처음
보는 사람들이 이곳이 현실이라 하니 그가
사씨였던 때의 일들은 어쩌면 꿈이었는가

환상이었는가.

그의 기억에 그는 명나라 사람이며
금릉 땅 순천부에 살았고 열다섯 살에
장원급제하여 한림학사로 임명된 유연수의 첫
번째 부인이었다. 이름은 사정옥이라 하는데
사씨 부인이라고 하면 금릉 땅에 모르는
사람이 없었다.

하지만 이곳은 조선이라는 나라라 하며
자신은 과거 임금과 혼인했다가 투기로 인해
폐비가 된 사람이라 하니 뭐가 뭔지 알 수
없어 머리가 이상해질 지경이다.

아니면 이미 이상해진 건지도 모르지.

꼬르륵. 우울한 마음 때문에 식사하고
싶은 생각은 조금도 없는데 몸은 그렇지 않은
모양이다. 사람이 이국에 떨어지고 이름이
바뀌어도 배는 고픈 법이라니 이상도 하지.
사씨는 일어나 수저를 들고 낯선 음식으로

꾸역꾸역 배를 채웠다.

　아직도 이 동네의 음식은 적응이 되지를
않는다. 비계가 쫀득한 동파육을 먹고 싶은데
이 동네 사람들은 돼지고기를 전혀 먹지
않는 것인지 아니면 죄인에게 주기는 아깝다
생각하여 그러는 건지 밥상에 올라오는 것은
온통 풀, 풀, 풀때기다. 풀때기를 볶은 것,
풀때기를 데친 것, 풀때기를 데쳐서 간장에
조린 것, 풀때기를 된장에 무친 것, 그리고
풀때기로 끓인 국까지. 대체 어떻게 이런
것들을 먹고 사는지 알 수가 없다. 동파육이
안 된다면 거지닭이라도, 아니 그것이 안
된다면 실처럼 가늘게 썬 잉어회라도 좋은데
도무지 이 집 사람들은 미식을 모르는
모양이다.

　유 한림과 살 때에는 매일 향기롭고
맛있는 음식만을 먹었다. 높은 신분의 사람이

비천하게 산다면 남편을 욕보이는 일이니 한 번에 스무 가지, 서른 가지의 찬을 두고 밥을 먹는 것도 사치가 아니었다. 하지만 그것도 한 가문을 거느리는 안주인이었을 때의 일이다. 안주인이야 도량을 넓게 쓰는 것이 미덕이지만 손님의 몸으로 반찬 투정을 할 수는 없는 노릇.

이곳은 민씨가 나고 자란 곳이기에 친정이라 하기는 하지마는 이제는 사촌 오라비의 집이며 그는 안주인이 아니라 음식을 축내는 식객이다. 그러니 무엇이든 모자람이 있더라도 탐내지 말고 자중해야 한다, 하는 마음에 사씨는 사실 꽤 오래 참았다. 하지만 잠이 채 깨지 않았던 어느 아침에 자신도 모르게 동파육, 세 글자를 입에 담고 말았다. 한데 정상궁의 반응은 의외였다. 주겠다, 않겠다 하는 대답이 아니라 세상에

그런 음식은 없다고 말하는 것이다. 정상궁의
경험이 미천하여 동파육이라는 음식을 모를
수도 있겠으나 돼지고기로 그것을 만든다며
조리법을 설명했을 때는 그의 표정이 영 좋지
않았다.

"돼지요? 그런 냄새나는 것을 어찌
먹습니까? 고기가 드시고 싶으시면 닭이라도
한 마리 잡겠습니다. 아니면 어디서 다리
부러진 소라도 구해보겠어요. 하지만
돼지라니요. 어찌 귀하신 분이 그런 음식을
드시려는지 모르겠네요. 궁에서도 돼지는
올린 적이 없는데."

동파육이라는 것이 정말로 없는
음식인가? 나는 착각을 하고 있는 것인가?
정상궁의 말까지 듣고 보니 이 허기와
식욕조차 정말로 존재하는 것인지, 아니면
자신의 상상 속에만 있는 것인지 확신이 들지

않았다. 혹, 나는 정말로 미친 것이 아닐까.
사씨는 생각이 많아졌다.

열 때문에 앓다가 정신이 이상해진
사람도 있지 않은가. 자신 역시 앓는 동안
꾸었던 일장춘몽을 현실로 착각하고 있는지도
모른다. 정상궁의 말대로 어쩌면 나는 사씨가
아니라 정말로 민씨일 법도 하다. 한데 사람의
기억과 감정이 거짓이라면 '나'라는 인간을
얼마나 믿을 수 있겠는가. '나'는 어디까지
나란 말인가.

생각이 깊어질수록 입맛은 떨어지고
대답하지 못할 질문들만 늘어났으므로
사씨는 생각을 멈추기로 했다. 감정도 생각도
뒤로 미루고 오로지 지금, 여기, 나에게 닥친
현실만을 직시하기로 다짐하였다. 그렇지
않으면 이 미친 세상에서 정말로 정신을
놔버릴 것 같았기 때문이다. 온갖 생각을

하면서도 상을 거의 다 비웠을 때, 문밖에서
아정의 목소리가 들렸다.

"당고모님. 식사 중이세요?"

"다 먹었으니 속히 들어오라."

"또 그런 말투."

"내 말투가 어떻다고 그러는고."

"그냥…… 이상해요."

문이 열리고 아정이 들었다.

이 아이는 사촌 오라비인 민진후의 아이,
민아정이다. 자신처럼 어릴 적에 어머니를
잃고 이 큰 집에 아버지와 단둘이 살고 있다.
물론 하인들은 많지만 어디 그들이 외로움을
달래주던가.

아정은 오랜만에 늘어난 가족이 반가운지
낯도 가리지 않고 사씨에게 친근하게 굴었다.
어린 나이치고는 아이가 제법 영특하고 정이
많아 이곳에서의 생활을 견디게 해주었는데

오늘도 옆구리에 책 몇 권을 끼고 온 것을
보니 사씨는 웃음이 절로 나왔다.

"그래, 우리 귀여운 낭자께서 오늘은
무엇을 들고 왔느뇨."

"요즘 유행하는 소설을 갖다 달라
하셨잖아요. 요즘은 아무래도 로환소설이
최고 인기랍니다. 이번에 가지고 온 건 세
편인데 하나는 회귀물, 하나는 환생물, 하나는
빙의물이어요."

무슨 말인지 하나도 못 알아듣겠다.
사씨가 눈을 끔뻑끔뻑하고 있으니 아정이
그것도 모르냐는 듯 짧게 한숨을 쉬더니만
다시 설명해주었다.

"로환(嫪還)소설이요. 사모할 로 자에
돌아올 환 자를 써서 로환소설이라 불러요.
인생의 굴곡을 몇 번이나 되풀이하는
여주인공이 다시금 사랑에 빠져서 행복해지는

이야기랍니다."

그래. 이제야 생각이 난다. 여자가
주인공인 지괴소설*이 유행한다기에 나중에
시간이 나거들랑 몇 권 갖다 달라 하였더니
이리 신새벽부터 찾아온 것이다. 착한지고.
사씨는 아정의 머리를 자꾸 쓰다듬었는데
아정은 헝클어지는 머리가 싫지도 않은지
그대로 사씨의 손을 받아들였다.

"한데 회귀물은 무엇이고 환생물은
무엇인고. 이 당고모에게 찬찬히 설명해주련?"

사씨의 질문에 아정이 고개를 끄덕였다.

"로환소설의 여주인공이 다시 삶을
사는 방식에는 몇 가지가 있거든요. 그것을
회빙환이라 하는데 회귀하거나 빙의되거나
환생하는 것이에요."

---

• 　주로 육조 시대의 중국에서 쓰인 기괴한 이야기.

"회빙환……."

무슨 말인지 전혀 모르면서도 사씨가 아정의 말꼬리를 따라 하자 아정은 착한 제자를 둔 선생처럼 기뻐하며 설명하는 것을 귀찮아하지 않았다.

"네, 회귀물이라 하는 것은요……."

아정의 말에 따르면 회귀물은 자신의 잘못된 선택으로 인해 고통을 겪게 된 여주인공이 시간을 되돌려 실수를 바로잡고 행복해지는 이야기라 한다.

"그리고 환생은요."

"환생은 나도 안다. 육도윤회를 의미하는 게 아닌가?"

"뭐, 비슷해요."

하지만 불교에서 말하는 환생이란 업보로 인한 것인데 로환소설의 환생이란 실수를 바로잡고 마침내 행복을 쟁취할 때까지 몇 번이나 같은 생을 반복하는 것이라 한다.
인생을 여러 번 되풀이하여 살 수 있다니 어느
것이 최적의 결과를 가지고 오는지 끊임없이
실험해볼 수 있다는 것인가. 좋아 보이기는
한다만 세상 모든 일에는 일장일단이 있고
얻는 것이 있다면 잃는 것이 있는 법. 어찌
삶의 가장 아름다운 부분만을 취할 수 있단
말인가. 그런 삶이 혹 있다손 쳐도 과연
그것을 삶이라 부를 수 있는가. 사씨가 고개를
갸웃거릴 즈음 아정의 말이 이어졌다.

　　"그리고 마지막으로 빙의가 있어요."

　　"빙의는 못된 악령이 몸에 들어가는
것이로고."

　　"여기서는 좀 달라요."

　　로환소설의 빙의란 여러 경우를
포괄하는데 죽은 영이 산 사람에게 씔 때도
있지만 살아 있는 생령이 죽은 지 얼마 안 된

몸에게 씌기도 하고 산 사람들끼리 몸과 혼을
바꾸는 경우도 있다고 한다.

"평범한 조선 여자가 어디 명나라
황후의 몸속에 들어가는 수도 있고 현실에
있는 여인이 소설 속 세계에 빙의되는 수도
있어요."

"소설 속 세계에?"

아정이 고개를 끄덕였다.

"현실에서 소설을 읽은 독자가 소설 속
세계로 가는 거죠. 그러면 주인공은 이야기가
어떻게 흘러갈지 알고 있을 게 아니에요?
하면 주인공은 다른 사람들과 달리 미래를
아는 셈이니 훨씬 수월하게 살 수 있지요.
미래의 지식을 가지고 옳은 선택만 하면서요."

"과연……."

아정의 말에 따르면 자신은 다른 사람의
몸에 들어온 셈이니 회귀나 환생이 아니라

빙의일 가능성이 높아 보인다. 하지만 조선이
배경인 이야기책은 한 번도 읽어본 적이
없으니 이곳은 책 속의 세상은 아닐 것이다.

자신이 들어오기 직전에 민씨가 몹시
앓았다고 하니 어쩌면 그때 민씨는 정말
죽었는지도 모른다. 그리하여 죽은 민씨의
몸에 자신이 들어온 것이다. 아니면 민씨의
혼과 자신의 혼이 돌아갈 육신을 혼동하여
서로 바꾸어 들어갔을는지. 민씨의 혼이 지금
사씨의 몸에 들어 있다 해도 누가 알겠는가.

아정과의 대화로 사씨는 기분이 좋아졌다.
자신이 미친 것이 아닐지도 모른다는
가능성을 엿보았기 때문이다. 혹 운이 좋다면
원래 몸으로 돌아갈 수도 있을 것이다. 사씨는
궁금한 점을 마저 물어보았다.

"아정. 아정이 말하기로는 회귀물에서는
시간을 돌려 실수를 바로잡고 환생물에서는

다시 태어나서 행복을 쟁취한다 하였어. 하면 빙의물은 어떠한가. 남의 몸에 들어온 혼이 다시 자신의 몸으로 돌아가기 위해서는 어찌 해야 하는고?"

"이야기의 끝을 봐야 해요. 그러니까 제대로 된 행복한 결말을 맞이하면 됩니다."

"남의 몸으로 어찌 행복해질 수가 있단 말인고?"

꽤 핵심을 찌르는 질문이라 생각했는데 아정은 세상에 그처럼 멍청한 소리는 처음 들어본다는 듯이 입을 비죽였다.

"그야 행복한 상황에 있으면 행복한 것이지 누구의 몸인들 무엇이 중요하겠어요?"

사씨가 이해하지 못했다는 듯 한동안 침묵을 지키자 아정이 다시 말을 걸었다.

"당고모님은 어떤 분을 가장 존경하시죠?"

"주문왕의 모친 되시는 태임을 가장

존경하노라."

"그럼 태임의 몸에 들어가면 행복할
수 없겠어요? 태임이 다 뭐야. 주문왕이
된다면요? 아니면, 명나라 황제가 된다면
행복해질 수 없겠어요?"

태임에다가 주문왕, 그리고 명나라
황제라. 가벼운 예시에 불과한 것을 알면서도
기분이 좋아졌다. 성인들이 세워놓은 도에
따르지 않아도 되는 삶, 천하를 발아래 두고
맘껏 행동하는 것만으로 도가 되는 삶이라면
그 누가 좋다 하지 않겠는가.

"다시 생각해보니 나쁘지 않을 터.
그럼 행복을 쟁취한 뒤에는 돌아갈 수 있는
것인가."

"그다음은 선택의 문제예요. 원래 있던
곳으로 돌아가든가 아니면 영원히 그곳에
남는 것이죠. 보통은 돌아가지 않는데……."

"난 꼭 돌아가야 하느니."

'나'라니. 말실수를 했다. 사씨가 놀라 얼른 자신의 입을 막았으나 아정은 싱긋이 웃을 뿐이었다.

"주인공과 자신을 착각할 정도라니 당고모님도 벌써 로환소설에 빠지셨군요. 하긴, 저도 가끔 그런 상상을 해요. 지난번엔 잘생긴 흑발 도령과 절절한 사랑을 하는 꿈도 꾸었다니까요. 아침에 일어나니 눈가에 눈물이 촉촉할 정도였답니다."

귀여운지고. 그 나이에는 다 그렇지. 자신도 혼인하기 전에는 우연히 마주친 것만으로 마음이 무너지는 사랑이 있었다. 이따금은 그로 인해 아무에게도 말하지 못할 몹쓸 꿈을 꾸기도 했다. 다 한여름 밤의 꿈이었지만.

그리하여 사씨는 자신이 앞으로

어떻게 행동해야 하는가를 확실히 정했다.
로환소설의 법칙에 따르면 사씨는 민씨를
행복하게 만들어야만 돌아갈 수 있는
모양이다. 그러니 어쩌겠는가. 민씨를
행복하게 해주는 수밖에.

한데 따지고 보면 현재는 민씨가
사씨이고 사씨가 민씨이므로 결국 사씨가
행복해지는 것이 민씨의 행복을 포함하는
것이렷다. 그러면 '나'는 어떻게 해야
행복해지는가. 사씨는 심각한 고민에 빠졌다.
한 번도 자신이 뭘 좋아하는지 생각해본 적이
없던 까닭이다. 20여 년 살아온 사씨의 인생에
있어 그러한 고려는 처음이었다.

여인으로 태어나 해야 할 도리나
며느리로서, 아내로서, 혹은 딸로서 해야
하는 일은 수십, 수백 가지가 있었다. 여자의
희생이 가문을 일으킨다고 배워왔는데

이제 와서 가문의 융성과 남편의 행복이 아니라 '나'의 행복만을 생각하라니. 낯선 것은 물론이고 지나치게 이기적이라는 마음 때문에 죄책감까지 느껴진다. 하나 돌아가기 위해서는 다른 방법이 없다지 않은가.

정신 차려, 사정옥. 나는 지금 공익을 위해 반드시 행복해져야 하느니. 사씨는 마음을 다잡았다.

하지만 그럼에도 불구하고 사씨는 자신이 뭘 좋아하는지 전혀 알 수가 없었다. 혼자 생각하는 것만으로 답을 내릴 수 없다고 판단한 사씨는 심각한 표정으로 아정에게 물었다.

"조카님. 조카님이 보기에 이 당고모는 무엇을 좋아하는 듯하오?"

아정은 뒹구르르 구르며 아랫목에 허리를 지지면서 책을 보다가 사씨가 독서를

방해한다 여겼는지 생각도 않고 투덜거렸다.

"제가 당고모님이 뭘 좋아하는지 어떻게 알겠어요. 그런 건 당고모님이 제일 잘 알겠지요."

"하지만 앓고 난 후로는 기억이 나질 않는데……."

제대로 좀 생각을 해보란 말이다. 사씨는 아정을 채근하고 싶었으나 꾸욱 참고 언제나처럼 참을 인 자를 마음에 새기며 질문했다. 아정은 깊이 고민도 하지 않고는 그게 뭐 어렵냐는 듯이 대꾸했다.

"기억이 안 나면 새로 찾아보면 되잖아요. 어차피 시간도 많으시면서."

사씨는 아정의 말에 고개를 끄덕이는 수밖에 없었다. 맞다. 시간이라곤 넘쳐나도록 많다. 하지만 이 영특한 질녀의 말도 들어보고 싶다. 사씨는 다시금 물었다.

"질문을 바꾸어보지. 조카님 생각에는
이 당고모가 행복해지려면 어찌해야 할 것
같은고?"

사씨의 물음에 아정은 그제야 책에
파묻었던 고개를 들고는 눈을 반짝반짝
빛내며 대답했다.

"그야 사랑을 해야지요. 당고모님, 사랑을
하셔요."

"사랑?"

"예, 돈도 권력도 제가 보니 다
헛것이에요. 우리 아버지를 보세요. 모든 것을
가졌지만 늘 쓸쓸한 얼굴이시죠. 하지만 저희
유모가 그러는데 어머니께서 살아 계셨을
적에는 그래도 자주 웃으셨대요. 그러니
아마도 사랑이 최고가 아니겠어요?"

이혼당해 폐비가 되어 죄인 취급을 받고
있는 여인에게 사랑이라니. 그토록 어울리지

않는 것이 있을까. 하지만 어린 질녀의 귀여운
대답에 사씨는 고개를 끄덕였다.

"할 수 있다면 그리하지."

"소설 속에 나오는 것 같은 사랑을
하세요. 북부 대공님과 남부 공작님 같은 분을
만나서요."

"호오. 북부 대공과 남부 공작이라. 두 분
모두 훌륭해 보이는 직함을 가지셨도다. 한데
그 둘은 어떠한 인물인지 알려줄 수 있는고."

사씨의 질문에 아정은 곰곰 생각하며
대답했다.

"북부 대공은 말이죠, 흑발에다가 까칠한
성격을 가졌어요. 말투도 냉정하고요. 마치 한
마리의 늑대 같다고나 할까요? 거칠고 위험한
북부에서 살아남았으니 왜 안 그렇겠어요.
하지만 여주인공을 만나고 나서는 달라지죠."

"어찌 말인가."

"그러니까 쉽게 말해, '날 이렇게 대하는 여자는 네가 처음이야' 하고 사랑에 빠지는 거예요. 그러곤 한 마리의 애교 많은 바둑이가 된답니다."

대체 그게 무슨 소린지 알 수가 없었으나 일단 사씨는 고개를 끄덕였다.

"그래. 그럼 남부 공작은 어떠한 사람이뇨?"

아정은 씨익 웃었다.

"갈색 머리카락에다 친절하고 상냥해요. 여주인공이 위기에 빠졌을 땐 살신성인해서 구해준답니다."

"호오. 그러면 남주인공은 남부 공작이겠구나."

아정은 손을 내저었다.

"모르시는 말씀. 여주인공이라면 마땅히 남부 공작의 애정 공세와 위로를 받으면서

북부 대공과 사랑에 빠져야지요. 연약한
여성이 사나운 늑대에게 목줄을 채우는
것이 로환소설의 재미랍니다. 아시겠어요,
당고모님?"

저리도 취향이 확고하니 대체 어디로
시집을 보내야 할지 모르겠지만 취향이 없는
것보다야 낫군, 하고 사씨는 생각했다. 물론
남부 공작한테 애정 공세를 받았으면서
어째서 북부 대공과 사랑에 빠져야 하는지,
까칠하고 냉정한 사람을 굳이 고쳐 써야 하는
것인지, 인생 그냥 좀 쉽게 살면 안 되는 건지,
물어보고 싶은 게 한두 가지가 아니었지만
아무튼 아정이 말하고자 하는 바는 이해했다.

자신에겐 절대로 사랑 따위 찾아오지
않으리라 확신하면서도 어린아이의 천진한
바람을 뭉개고 싶지 않아 부정적인 말은
하나도 하지 않았다. 혹시 아는가. 이

세계에서는 정말 자신을 사랑하는 남부
공작과 북부 대공을 만날 수 있을는지. 아정의
말대로 시간은 남도록 많으니 이 넘쳐나는
시간을 활용해 사씨는 자신이 뭘 좋아하는지
알아보기로 했다.

하지만 우선, 아정이 하는 것처럼
아랫목에 허리를 지지며 로환소설을 보는
것부터 시작하도록 할까. 사씨의 얼굴이 전에
없이 밝아졌다.


본디 사씨는 첫닭이 울기 전에 일어나
찬물로 목욕재계를 하고 몸가짐을 바르게
하여 가문의 큰어른들께 문안 인사를 드리는
것으로 하루를 시작했다. 가볍게 아침 식사를
한 후에는 향을 올리고 불경을 깨끗한 종이에
베끼면서 점심나절을 보냈으며 점심을 먹고
난 뒤에는 아이들을 훈육하고 하인들을

관리하며 집안의 대소사를 남편과 의논하느라 늘 바빴다.

그러니까 패관소설을 읽느라 밤을 새우는 일 따위는 해본 적이 없다는 뜻이다. 한데 의외로 이것도 쉬운 일은 아니었다. 일어나자마자 다시 드러누워 해가 질 때까지 아정이 가지고 온 소설을 보았더니 온몸이 쑤시고 아팠으며 눈은 퉁퉁 부어버렸다. 책을 보면서 눈물을 몹시도 흘린 까닭이다.

왜 소설에선 꼭 주인공이 역경을 딛고 일어나야만 하는 걸까. 주인공이 처음부터 끝까지 행복하기만 한 소설은 없나? 그리고 대체 왜 주인공은 상냥한 갈색 머리 남자에게서 벗어나 못돼먹은 흑발 남자한테 가는 거야! 사씨는 자신이 조선 여자들이 좋아하는 것과는 조금 동떨어진 취향을 가졌다는 것을 알았다. 무엇보다 자신의 질녀와는 남자 보는 취향이 전혀 겹치지 않는다. 다행이군. 적어도 한 남자를 두고 싸울 일은 없을 테니. 사씨는 그렇게 생각했다. 그깟 남자 하나 갖겠다고 싸우는 일은 이제 지긋지긋하다.

소설을 다 읽고 저녁도 먹고 이부자리를 펴고 잘 준비까지 마치고 나자 민진후가 문안 인사를 한답시고 들렀다. 특별한 일은 아니었다. 사씨가 이곳에서 눈을 뜬 이후로, 민진후는 한 번도 문안 인사를 거른 적이 없었으니.

한나절 만에 마주한 민진후는 아침과는 조금 다르게 보였다. 아마 직전에 읽은 로환소설에서 갈색 머리 남자가 여자 주인공을 대신하여 목숨을 바치는 장면을 본 때문인가 하였다.

그러고 보니 민진후의 머리색은 다른

인현왕후의 회빙환을 위하여

사람들보다 꽤나 옅은 편이었다. 살짝 빛이
바랜 갈색 머리카락에 단정한 이목구비,
선비답게 꼿꼿한 자세와 따스한 성정은
그야말로 로환소설에 나오는 남부 공작 같지
않은가. 아정이 준 로환소설을 몇 권이나
탐독한 사씨는 마치 민진후가 소설 속에
나오는 사람처럼 느껴졌다. 목욕재계하고
창포물 향기를 폴폴 풍기며 몸 안쪽이 훤히
들여다보이는 얇은 모시적삼을 입은 모습은
고아하고 단아했다.

　　무릇 무공을 익힌 사내라면 행동이
번다한 법이고 학문을 한 사내라면 유약한
법인데 민진후는 학문 또한 이름났으면서도
활쏘기를 즐겨 하는 탓인지 상체가 탄탄하여
자세 또한 곧았다. 그리고 무엇보다 상냥한
미소와 말투. 이것은 갈색 머리 남자의 주요
특성 중 하나가 아닌가. 사씨의 입꼬리가

자신도 모르게 지그시 올라갔다.

"마마, 어디 몸이 불편하십니까. 동공이 확장되셨고 뺨은 복숭아처럼 붉으십니다. 고뿔이라도 걸린 것이 아닌가 염려됩니다."

걱정하는 듯한 민진후의 목소리에 사씨는 마음이 간지러워 웃으며 고개를 내저었다.

"몸이 나빠서가 아니라 오랜만에 감동하여 눈물을 좀 흘렸더니 티가 난 모양이로다. 종형제께서는 염려 말라."

"우셨다고요? 무슨 일이 있으셨습니까?"

민진후가 걱정하자 사씨는 정말 아무것도 아니라는 듯 덧붙였다.

"아정이 패관소설을 여러 권 주었는데 그것이 무척 재미난고로 얼굴을 적시었도다."

"이 녀석, 읽으라는 소학은 읽지 않고 늘상 세책방에다 돈을 갖다 바치니, 내 이 녀석을 한번 혼내야겠습니다."

"아니, 그러지 말라. 내 아정이 덕에 몹시 위로를 얻는 것을."

사씨가 얼른 만류하자 민진후는 환하게 웃었다.

"그리 좋아하시는 모습을 본 것이 얼마만인지 모르겠습니다. 그간 어려운 일을 많이 겪어 시름이 깊으셨지요."

그래, 그랬겠지. 민씨도 자신처럼 힘든 시간을 보냈을 것이다. 어린 나이에 시집가서 온통 큰어른들을 뫼시며 사는 삶이 평탄했을 리 없다. 자신의 남편에겐 첩이 하나뿐이었으나 금상에게는 첩이 여럿이니 아마 몇 배나 더 힘들었을 것이다. 그런 민씨의 마음을 헤아려보니 마치 정말로 그 고민과 속상함이 자신의 일처럼 느껴졌다. 사씨는 속이 쓰려왔으나 짐짓 아무렇지 않은 척 표정을 가다듬었다.

"어디 이러한 고난을 겪는 이가
나 하나뿐이랴. 비록 내 지아비께는
버림받았으나 종형제의 보살핌 아래 따뜻한
곳에서 몸을 누이고 맛있는 음식을 먹으니
부러울 것이 하나도 없을까 하노라."

실상은 딱딱한 바닥에서 자는 것이
여전히 불편하고 기름진 음식을 먹고
싶어 좀이 쑤실 지경이지만 이것이 어른의
예의라는 것을 안다. 민진후의 기분을 상하게
하지 않으려고 한 말이었으나 그의 표정은
여전히 어두웠다.

"언제 그리 어른스러워지셨는지.
생각해보면 마마께서도 어린 시절에는 아정과
비슷할 정도로 밝고 활기찬 소녀였는데
파과지년*도 못 된 나이에 지엄한 궁에

• 열여섯 살의 나이.

입궁하시어 일생 중 가장 꽃다운 방년*에
폐비가 되셨으니 힘이 되어드리지 못한
불충에 이 오라비는 가슴이 아픕니다."

갑자기 민진후가 눈물을 뚝뚝 흘렸고
사씨는 조금 당황했다. 별말 안 했는데 왜
우는 게야. 손수건 다려둔 것이 있었나?
소매를 뒤져보니 하나 남은 것이 있기에
무릎으로 다가가 민진후의 눈물을
닦아주었다.

"어쩌면 이리도 상냥하신지."

우는 사람에게 손수건을 준 것뿐인데
상냥하단 소리를 듣다니. 평소에 어떤
사람을 만나고 다니는 건가. 사씨는 민진후의
사회생활이 염려되었으나 그는 여전히 미소를
띤 얼굴로 사씨의 손을 잡았다.


• 　스무 살 안팎의 나이.

"같이 대나무 말을 타고 놀던 어린 시절을 기억하십니까. 그때부터였을까요. 제가 마마를 어떤 마음으로……."

어린 시절을 함께 보냈어? 사씨의 귀가 번쩍 틔었다. 만약 정말로 그렇다면 민진후는 민씨를 아주 잘 알고 있을 것이다. 어른들 앞에선 요조숙녀인 척하는 아이라도 비슷한 또래의 남자애에겐 속마음을 드러냈을지도 모르는 일. 어쩌면 민씨를 행복하게 할 방법을 알고 있는 것은 민진후밖에 없을지도 모른다. 사씨는 민진후의 말허리를 자르고 단도직입적으로 물었다.

"혹 우리 종형제께서는 이 사람이 어릴 적에 무엇을 좋아했는지 기억하시는가."

사씨의 물음에 민진후는 잠시 말이 없었다. 아마 기억을 되살리려는 모양이었다. 그는 혼자 웃는 표정을 지었다가 또 약간은

서글픈 표정을 지었다가 하더니만 한참
만에야 겨우 입을 열었다.

"약과보다는 주악을 좋아하셨고
식혜보다는 수정과를 즐기셨습니다. 목마를
태워드리면 까르르 웃곤 하셨지요. 무엇이든
직접 보고 듣고 느끼는 것을 좋아하셨습니다.
규방에 가만히 앉아 바느질하고 글씨 배우는
것은 별로 좋아하지 않으셨고요."

평범한 여자아이였군. 사씨는 그렇게
생각했다. 어린 여자아이들이라면 다 그런
것이 아닌가? 직접 보고 듣고 느끼는 것을
싫어하고 규방에만 앉아 바느질하기를
좋아하는 아이가 있을 리 없잖은가. 그런
아이가 있으면 한번 얼굴을 보고 싶을 정도다.
분명 제정신은 아닐 테니. 그런 것 말고 좀
특별한 정보는 없는가.

"그리고 금강산에 가보고 싶어

하셨습니다. 절대 가보지 못할 것을 알면서도 내내 꿈꾸셨지요."

이것은 새롭군. 금강산이라. 그런 산이 있는 줄도 모르는 사씨는 잠시 생각에 빠졌다. 황산이나 태산 같은 높은 산인가. 잠시 시선을 돌려 상념에 빠진 모습이 민진후에게는 폐비의 회한으로 느껴진 모양이다. 민진후의 눈초리가 가늘어지더니 꼭 울 것 같은 표정이 되었다.

"제 벗들 중 하나가 겸재 정선이 그린 금강산 그림을 가졌습니다. 다음에 부탁하여 몇 점 볼 수 있게 해드리겠습니다. 약조드리지요."

민진후의 말에 사씨가 괜찮다며 웃어 보였다.

"되었으니 마음 쓰지 말라."

"정말입니다. 제가 조만간 꼭……."

"큰 산을 오르고 싶은 사람이 어찌 산
그림으로 만족하겠는가. 게다가 이미 나는
그런 일을 기억도 하지 못하노라. 하니
진정으로 말하건대 마음 쓰지 말라."

　　그림이 다 무어라고. 동네 뒷산이라도
오른다면 몰라도. 사씨가 생각 없이 던진 말에
민진후의 얼굴이 흙빛이 되었다.

　　그렇다. 폐비는 죄인이며 그 말은 가택
연금된 사람이라는 말과 다르지 않았다.
민진후의 능력으로는 그를 금강산은커녕
동네 뒷산으로도 데려다줄 수 없었다. 혹 운이
좋아 나중에 중전으로 복위된다 해도 일국의
중전이 금강산에 오르는 일은 없을 것이다.
그러니까 사씨는 이번 생이 어떻게 풀리든
간에 금강산에는 오르지 못할 운명이란
소리다. 사씨는 가볍게 혀를 찼다.

　　"불쌍한지고. 죽다가 살아나도 행복하질

못하는구나."

자신이 아닌 민씨의 운명을 탄식하는
소리였음에도 민진후는 그렇게 듣지 않았는지
눈에 눈물을 그렁그렁 매달고는 고개를
숙였다.

"좋은 소식을 드리지 못해 송구합니다.
그래도 제 집에 머무시는 동안에는 최선을
다해 모실 테니 불편한 점이 있거든 언제든
말씀하십시오, 마마."

"아니다. 종형제께서도 바쁠 것이니
앞으로는 문안 횟수도 줄이도록 하라."

민씨의 사촌 오라비라고는 하나
사씨에게는 얼굴도 기억나지 않는 외간
남자일 뿐이다. 아무리 상냥하다 해도 외간
남자를 조석으로 마주하는 것은 불편한
일이라 문안을 거절해보았지만 민진후는
물러서지 않았다.

"집 안에서 소신이 마마를 소홀히 한다면
집 밖의 사람들 역시 마마를 하대할 것입니다.
소신이 더욱 애쓰겠으니 더 이상 저를
물리치지 마십시오."

그리하여 결국 하루 두 번이었던 문안
인사는 도리어 세 번으로 늘었으며, 민진후는
중전에게 하듯이 네 번이나 절을 올리고
나서야 겨우 물러갔다.


다음 날 아침에도 사씨는 늦게 일어났다.
밤새 로환소설을 읽은 탓이다. 물론 민진후는
해가 뜨자마자 문안 오는 것을 잊지 않았기
때문에 사씨는 서둘러 옷을 갈아입곤 사람
꼴만 겨우 갖추어 인사를 받았는데 이대로도
괜찮은가, 잠시 고민했으나 자신을 욕할
사람은 이 세상에 아무도 없다는 사실을
떠올리고 나니 마음이 편안해졌다. 누가

사씨를 욕하겠는가, 민씨를 욕하겠지. 한 번 만난 적도 없는 민씨에게 잠시 미안한 마음이 들었으나 금세 하품이 삐져나와 사씨는 민진후에게 들킬세라 손바닥 안으로 자그맣게 입을 벌렸다.

민진후는 이상한 얼굴로 사씨를 바라보았다. 너무 흉했던 걸까. 하긴 과년한 아녀자가 하품하는 것이 곱겠는가, 하고 사씨가 반성을 하려는데 민진후의 손이 성큼 다가왔다. 놀란 사씨가 눈을 꼭 감자 민진후의 섬세하고 부드러운 손가락이 사씨의 눈언저리에 닿았다.

"마마, 눈곱 끼었습니다."

죽자. 죽어버리자. 내일모레 서른인 여자가 눈에 눈곱이나 달고 다니면서 외간 남자에게 한소리 들을 바에야 그냥 죽는 게 낫지 않은가. 한데 이상하게도 민진후의 얼굴이 전에 없이 붉어졌다.

"그럽네요. 어렸을 때도 제가 이렇게
해준 적이 있는데. 마마께옵서는 기억 안
나시지요?"

왕방울만 한 눈곱을 떼어놓고도 뭐가
그리 기쁜지 민진후가 웃었다.

"마마께서 그간 제 집에서 지내시면서도
남의 집 더부살이하듯 조심스러워하시기에
마음이 아팠는데 오늘 보니 조금 편안해지신
것 같아 흐뭇합니다."

아무래도 자신을 보는 민진후의 마음은
아정을 대하는 마음과 흡사한 모양이었다.
자꾸 어린 시절의 이야기를 하는 것이 말이다.

조반을 먹고 나서는 아정이 놀러 왔는데
함께 승경도놀이라는 것을 하자고 졸라댔다.
본래 남자아이들이 많이 하는 놀이라는데
조선의 관직을 외우는 데에 도움이 된다고

한다. 조선의 실정에 대해서는 무지에 가까운 사씨였기에 이 놀이는 상당히 반길 만했다. 언제까지 이곳에 있게 될지는 모르지만 혹시, 만에 하나 중전으로 복위라도 된다면 조선의 관직 이름쯤은 알고 있어야 하지 않겠는가.

이 놀이는 종이판 위에 관직을 위계대로, 최고직인 영의정부터 퇴임하는 이에게 내리는 벼슬인 봉조하까지 적은 것을 기초로 한다. 육각형의 윤목*을 순서대로 굴려서 칸을 이동하는데 제일 먼저 영의정이 되는 사람이 승리하는 것이다.

처음에 사씨는 문과에 급제하여 승승장구했으나 한번 윤목이 잘못 나오기 시작하니 끝이 없었다. 죄다 한 칸, 아니면 두 칸. 결국은 유배를 갔다가 사약을 마시고

•　일종의 주사위.

말았다. 다음번에는 무과로 시작했으나 전쟁 중에 모함을 받아 또 사약을 마셨다.

"마마께서는 또 사약입니까."

"너는 또 영의정이냐."

"영의정이 아니라 도원수입니다. 무과로 시작했거든요."

그에 반해 아정은 문과로 시작하면 영의정과 봉조하를 거치고 무과로 시작하면 도원수까지 이르러서, 이 놀이판의 실력대로라면 천하 통일도 어렵지 않아 보였다.

"천하가 좁구나."

싱글거리는 아정의 표정이 볼만했으나 그것도 몇 번뿐이었다.

"한 사람만 더 있으면 좋을 텐데."

아정이 바닥에 드러누웠다. 사씨는 아직 충분히 재미있건만 같은 놀이를 여러 번 해온 아정은 이제 슬슬 지루한 모양이었다.

아정의 말로는 사람이 최소 세 명은 되어야 재미있다고 하는데 사간원이나 사헌부를 맡은 사람이 있어야만 한다. 사간원의 사람은 놀이판 안에 있되 또한 바깥에 있어서 누군가에게 이익을 보게 하거나 벌을 내릴 수도 있다고 한다. 어떤 사람을 몰래 응원하거나 배신하는 경우도 있기 때문에 사간원의 협조에 따라 이야기 내용이 달라져 더욱 즐겁다고 했다.

가문 내의 정치와 똑같군. 그곳에선 사간원이 아니라 가장을 자기 편으로 삼는 이가 이기게 되지만. 사씨는 속으로 그렇게 생각했다.

관청에서 일해본 적은 없지만 집안에도 정치가 있다. 우선 권력의 꼭대기에는 남편이 있고 그 아래에는 시어머니가 있으며 그 아래

아들이 있고 바닥에 근접해서야 본처와 첩이 있다. 마지막 둘의 순서는 뒤바뀌기 일쑤인데 워낙에 변수가 많기 때문이다.

이를테면 그래, 본처에게 아들이 없고 첩에게 아들이 있는 경우는 첩이 위로 올라갈 것이다. 하지만 본처가 부잣집 딸이고 남편이 가난한 집 아들일 경우에는 시어머니 정도의 위치에 친정아버지가 올라 있을 것이다. 뭐, 이 경우에도 아내의 위치는 다를 바 없지만.

이 제도는 공정하고 현명한 가장을 전제로 했을 때는 완벽하지만 가장이 정의롭지 못하거나 멍청하다면 결국 집안 내의 모든 것은 힘겨루기 싸움으로 전락하고 만다. 사씨 역시 멍청하고 남의 말 듣지 않는 남편을 주인으로 모시다가 이 꼴이 나고 말았다. 누구와 친목을 다지고 누구를 벌주며 누구에게 존경을 바칠지에 대한 문제는 사서삼경에 나와 있는 대로만 하면 반드시 틀리고야 만다. 규칙이란 규칙 밖에 서 있는 자에게는 아무 영향을 끼치지 못하는 법인데 연심이라든가 돈, 혹은 남의 이목 같은 규칙 외 규칙이 너무나 많기 때문이다. 아무튼, 아직 아정은 모를 문제다.

이러한 생각에 푹 빠져 있는데 어느새 아정이 보이지 않았다. 어딜 간 거지? 꼭 고양이 새끼 같다. 잠시 한눈을 팔면 어디서 뭘 하는지 전혀 짐작도 할 수가 없다. 아무리 생각에 깊이 빠져 있었기로서니 문 여닫는 소리도 듣지 못했는데 어떻게 나간 것인가 싶어 방을 둘러보았더니 아정이 드러누워 있던 쪽 창문이 열려 있었다. 저리로 나갔구나. 고관대작의 시집도 안 간 외동딸이 창문으로 드나들다니! 앙큼한 아기 고양이 같으니.

문을 열고 아정을 찾으러 나가려는데
누군가 걸어오는 것이 보였다. 키가 크고
훤칠한 남자였는데 붉은 비단옷을 입고 꿩의
깃털을 갓에 꽂아 화려하기까지 했다.

아, 예전에 정상궁이 이야기한 기억이
난다. 저렇게 차려입은 자들은 임금의 내금위
군사인데 혹시나 폐비가 바깥출입을 할까
봐 하루 열두 시진을 꼬박 문밖에 서서 그를
감시하는 자들이다. 한데 폐비의 출입을 막는
것은 쉬워도 어린아이의 고집을 이기는 것은
어려운지 금군은 길이 잘 든 바둑이처럼
아정의 말에 꼼짝도 못 하고 있었다.

"안 된다니까."

"괜찮아요. 비밀로 할게요."

"나 진짜 잘려."

"안 따라오시면 진짜 잘리게 해드릴 수
있어요."

"네가?"

"못 할 것 같아요? 저는 웬 아저씨가 폐비 마마의 방으로 몰래 들어간다고 소리를 지를 수도 있어요."

"제발 그러지 마라."

"저희랑 반각만 놀아요. 그럼 바로 보내드릴게요. 지금 사람이 없어서 그래요. 승경원놀이를 둘이서 해야 될 판이라니까요."

이 말괄량이 녀석. 사씨는 아정을 아주 혼낼 생각으로 신발에 발을 끼워 넣으려 했으나 최근 몸이 약해진 데다 갑자기 몸을 일으킨 탓인지 현기증이 일어나 순간 시야가 하얗게 변하여 정신을 차릴 수가 없었다. 하는 수 없이 기둥이라도 짚으려고 손을 뻗었지만 팔에도 힘이 들어가지 않아 몸이 기우뚱 기울었다. 이러다 섬돌에 머리라도 박으면 다시 돌아갈 수 있으려나, 하고 생각한 것도

잠시. 힘 있고 탄탄한 무언가가 사씨의 어깨를
잡았다.

"조심하십시오, 마마."

아정이 데리고 들어오던 금군이었다. 언제
이렇게 빨리 움직였는지 모를 노릇이다. 힘이
빠져 몸이 금군의 가슴팍으로 기울었는데,
꼭 그러려던 것은 아니지만 탄탄하고 따뜻한
것이 볼에 닿으니 싫지만은 않았다. 가벼운
옷깃 안으로는 튼튼하게 뛰는 심장박동
소리가 느껴져 건강한 신체를 가진 자만이
풍기는 싱그러운 기운이 마치 자신에게
흘러들어오는 듯했다. 사씨가 한참을 멍한
얼굴로 서 있자 아정이 얼른 따라와서 사씨를
붙들고 마루에 앉게 했다.

"당고모님, 얼굴이 종잇장처럼 하얘요.
괜찮으세요?"

괜찮다. 괜찮고말고. 그리 말하려고

했는데도 영 대답이 잘 나오지 않았다. 그때 금군이 허리춤에 찬 호리병을 내밀었다.

"이거라도 좀 드십시오."

물인가 하여 한 모금 마셨더니 훅, 하고 강한 냄새가 코끝을 휘감았다. 청주잖아. 어째서 이런 것을……

"하하. 금방 얼굴빛이 돌아왔군요. 영험한 절에서 가져온 곡차라 효능이 남다른가 봅니다."

사씨가 금군을 노려보자 그는 얼른 표정을 가다듬더니 갓을 살짝 만지작거리며 고개를 숙였다.

"죄송합니다. 놀리려던 건 아닙니다."

그제서야 금군의 얼굴이 제대로 보였다. 해 아래에서 훈련을 많이 하는 모양인지 까슬하게 그을린 피부에선 햇볕 냄새와 흙냄새, 땀냄새가 섞인 수컷의 냄새가 났고

먹으로 그린 듯 새까만 머리카락과 맑은
눈동자에는 소년이나 가질 법한 선량함이 배어
있었다.

"아니다. 우리 아정이가 귀공을 곤란하게
한 것에 대해 도리어 이 몸이 사과해야 하는
일. 귀공의 도움으로 인해 곤란함을 피했으니
내 어찌 감사하지 않으리오."

금군은 사씨의 말에 당황한 듯했다.

"원래 이렇게 말씀하시느냐?"

아정이 그를 보고는 씨익 웃었다.

"말투가 좀 괴상하지요?"

"좀이 아니라……."

금군이 단어를 고르는 동안 사씨가 불쑥
물었다.

"내 말투가 괴상할 정도인가."

금군은 또 그렇다고 대답하는 것은
실례라고 생각했는지 이러지도 저러지도

못하고 입을 벙긋벙긋하기 바빴다.

"크게 앓으신 이후에 갑자기 말투가
바뀌었어요. 아저씨도 조보쯤은 읽으셨죠?"

"어? 어, 그래. 읽기는 했는데……."

사씨는 자연스럽게 손을 뻗어 탄탄한
금군의 팔 위에 얹고 몸을 일으켰다. 마치
깎아놓은 조각같이 안정적이었다.

"내 아까부터 두 사람의 대화를 다
들었노라. 아정이 너는 어른을 그리 놀리는
것이 아니다. 얼른 사과하여라."

아정은 죄송합니다, 하고 사과하면서도
장난스러운 얼굴을 거두지는 않았다.

"그래도 한 판만 하고 가요. 네?"

두 사람은 결국 아정에게 항복하고
말았다. 역시 고집 센 어린이를 이길 수 있는
것은 아무것도 없다.

셋이서 하는 승경원놀이는 무척 즐거웠는데 과연 둘이 하는 것보다 세 배는 더 재미있었다. 하지만 아정은 네 판 정도를 연이어 하더니만 다시금 지루해했다. 사씨는 이제야 겨우 흥이 오르는데 말이다. 아정은 세 명이서 해서는 한계가 있다며 한 명을 더 불러오자고 조르기 시작했다. 아마 넷이서 한다면 네 배는 더 재미있을 것이라면서.

"정상궁 마마님을 불러서 같이하면 안 돼요?"

아정이 보챘지만 사씨가 바로 제재했다.

"정상궁은 죄인을 대신하여 이 집안의 대소사를 책임지고 있느니라. 녹봉도 줄 수 없는 상황에 마음까지 괴롭게 할 수야 없느니."

이것은 사씨의 진심이었다. 다시 궁궐로 돌아가리라 믿고 있는 상전이 조카와

아랫목에 드러누워 윷목이나 굴리고 있다는 것을 알면 얼마나 실망하겠는가. 게다가 외간 남자와 함께 있는 것을 안다면…….
이것은 민씨의 명예와 직결되는 문제다. 절대 있어서는 안 되는 일. 사씨는 고개를 저었고 아정은 크게 실망했다.

"하지만 이제 지루해요."

"영의정이 되어서 나라를 다스리는데도 재미가 없어?"

"진짜 영의정도 아닌데요, 뭐."

사씨는 그제야 왜 이 놀이가 아정을 오랫동안 즐겁게 만들 수 없는가에 대해 이해했다. 아정은 어쩌면 지루한 것이 아니라 허무한 것인지도 모른다. 처음에는 즐겁더라도, 하면 할수록 자신이 갈 수 없는 길이라는 사실만 자각하게 되므로 우울해지는 것인지도 모른다.

아정은 절대로 관직에 설 수 없다. 이것은 천지가 바뀌지 않고서야 변하지 않는 사실이다.

이 놀이는 과거 시험을 치르는 것으로 시작하는데 아정은 그 출발선에도 설 수가 없다. 아정이 아무리 똑똑해진들, 어떤 책을 읽고 어떤 사상을 갖게 된들 상관없다. 그의 지식을 쓰려는 사람도, 그에게서 지식을 기대하는 사람도 없을 것이다. 아정이 영특할수록, 책을 많이 읽을수록 그는 확실히 불행해지리라.

사씨는 조금 머리를 써보았다. 규칙이 사람을 괴롭게 한다면 규칙을 바꾸면 된다. 세상의 규칙은 바꾸지 못할지언정 놀이판의 규칙 정도야. 사씨는 금군에게 벼루에 먹을 갈아달라고 부탁하고는 붓을 들어 승경도놀이의 가장 맨 위에 있는 영의정이라는 글씨를 지우고 태임이라고 써넣었다.

"이러면 새로운 놀이판이 될 테니 지루하지 않을 터."

그제야 아정은 몸을 일으켰다. 그리고 사씨가 써넣은 글씨에 관심을 보였다.

"태임? 이건 마마께서 가장 존경하신다던 분 아니어요?"

"그래. 우리 아정이는 영의정은 될 수 없어도 태임 같은 훌륭한 어머니는 될 수 있느니."

아정이 조금 관심을 내비쳤다.

"태임 다음으로 좋은 건 뭔데요?"

"글쎄, 맹자의 어머니일까."

사씨는 두 번째 칸에 맹모라고 써넣었다. 그다음으로 좋은 칸에 대해 고민하고 있는데 아정은 그 위쪽은 관심도 없는지 아래쪽을 고민하는 눈치였다. 아정은 사씨의 붓을 가져가더니 맨 아래에 '금수'라고 써넣었다.

"사람도 아니고 금수? 놀이에서 지면 금수가 되는 게야?"

"너무 심했나요? 그러면……."

아정은 이번에는 난정이라고 써넣었다. 사씨가 고개를 갸웃거리자 금군은 그것도 모르냐는 듯 입을 비죽였다.

"중종대왕 때 문정왕후를 들쑤시던 악녀 정난정을 모르십니까?"

여전히 사씨가 대답하지 못하자 금군은 '난정' 밑에 몇 글자를 부연하여 적었다.

"윤원형의 처이며 몹시 사납다."

"무슨 설명이 그렇소."

그제야 사씨가 웃자 아정은 신이 난 듯 승경도의 빈칸에 새로운 악인들의 이름을 적어냈는데 이씨라고 적은 것이 신기해서 물었다.

"이씨가 누구뇨."

"뒷집 아줌마요. 술을 엄청 좋아해요.
술 한 동이에 종을 하나씩 팔아치울
정도라니까요."

그리고 나중에는 이름을 적기 힘들었는지
못된 행실들에 대해 적었다.

잠 많이 자는 것, 효도하지 않는 것,
질투하고 사치하고 경박하고 교만한
것들을 신나게 쓰고 나니 좋은 것을 넣을
칸은 몇 개 남지 않았다. 아무튼 좋은 것을
숭상하기보다는 나쁜 것을 욕할 때 신이 나는
것은 어쩔 수 없는 모양이다.

"다른 좋은 여인이 되고 싶지는 않은가?"

사씨의 말에 아정이 웃으며 손가락으로
사씨를 가리켰다.

"당고모님이 되고 싶어요."

그 말에 금군과 사씨는 아무 대답노 하시
못하고 서로 잠시 눈을 마주치며 침묵했다.
귀여운 질녀에게 절대 추천해주고 싶지 않은
길이었다. 중전이 된다면 고통스럽고 폐비가
되면 더 고통스러워질 것이야. 사씨는 아정의
말을 들어주지 않고 빈칸에 경강이라고
써넣었다.

"노나라 목백의 아내이고 공보문백의
어머니인데 공자님으로부터 '예의를 아는
부인'이라는 말을 들은 분이시다. 나보다
이분을 더 가까이하거라."

아정은 입을 삐죽였으나 사씨의 말에
토를 달지는 않았다. 아무튼 민진후로부터
가르침을 잘 받기는 한 모양이다. 이따금
날것의 진심이 나와서 문제지.

그렇게 만든 놀이판에는 물론 새로운
이름이 필요했다.

사씨는 맨 위에 글씨를 써넣었다.

규문수지여행지도(閨門須知女行之圖). 규방에
있는 여인들이 마땅히 알고 행해야 할
그림이라는 뜻이다. 이 놀이판에는 남자라곤
한 명도 없다. 못된 여자부터 본받을 여자까지
모두가 여성인 이 작은 세계에서는 태임이라
해도 주문왕의 이름 뒤에 숨지 않고 난정 역시
윤원형 없이 존재한다. 이 작은 세계에서만은.

별생각 없이 시작한 이 놀이가 어찌나
재밌었는지 아정과 두 사람은 열 판이나
연속하여 놀았다. 그렇게 활기차던 아정이
먼저 지쳐버렸을 정도다. 아정은 잠시 머리를
바닥에 기대더니 그대로 잠들어서는 흔들어도
깨지 않았다.

정말 아기 고양이 같군. 사씨는 아정의
머리를 자신의 무릎 위에 올렸다. 어른보다
따끈따끈한 아이의 체온이 느껴졌다. 아정이

땀을 흘리며 자기에 손으로 닦아주었더니
금군이 소매 속에 넣고 다니던 합죽선을 꺼내
아정 쪽으로 부쳐주었다. 조선 남자는 명나라
남자들과 달리 퍽 상냥하군. 사씨는 빙그레
웃었다.

"귀공은 올해 나이가 몇이뇨."

금군은 그런 질문을 많이는 받아보지
않았는지 당황하더니만 손으로 제 나이를
꼽아보더니 대답했다.

"올해 서른셋입니다."

"이름은?"

"광입니다."

"넓을 광?"

"불 화 변에 너를 광 자를 붙인 밝을 광을
씁니다."

"귀공이 임금이 아니라 참 다행이로다."

무슨 그런 망발을. 광이 놀라 부채질을

멈추자 사씨가 말을 이었다.

"폭군으로 알려진 수양제의 이름과 음이
같지 않은가. 귀공이 임금이었다면 필시
폭군이 되었을 테지."

제 딴에는 농담을 하려고 했던 사씨가
작게 웃었다. 광은 이것도 사회생활이라
여겼는지 하나도 우습지 않으면서도 작게
하하, 하고 헛웃음이라도 지어 보였다.

"나이가 있으니 장가는 갔겠고. 아이는
있는가?"

"여덟입니다."

"나이가?"

"아뇨. 여덟 명입니다."

그 말을 듣더니 사씨는 놀란 듯했다.

"아이가 여덟이나 있다면 필시 첩이 있을
터. 몇이나 있는고?"

"여섯입니다."

사씨의 얼굴이 굳었다.

"아정이는 줄 수 없으니 혹여라도 헛된 마음을 품지 말라."

이러려고 호구조사를 한 것인가. 광은 원하지도 않은 시험과 생각지도 못한 불합격에 당황하여 얼굴이 붉어졌다.

"말씀 거두십시오. 누가 저런 어린애와 혼인을 한단 말입니까!"

"아정이 이제 열 살이라. 나 역시 열두 살에 혼인을 하였으니 조카딸의 혼사가 이르다고는 하지 못하리라."

사씨의 무릎에 누운 아정이 꿈을 꾸는지 눈알을 움직이기 시작했다. 악몽이라도 꾸는 듯 미간을 살짝 찌푸리기에 사씨가 손가락으로 톡톡 두드려 미간을 펴주었다. 아정은 곧 편안한 얼굴로 돌아왔다.

"질녀분을 참 귀애하시는군요."

광이 말했다. 사씨는 빙그레 웃었다.

"어린 것들 중에 귀엽지 아니한 것이
있으랴마는 이 아이는 특히 똘똘하고
선량하므로 마음이 쓰이니라. 그리하여
내 더욱 시름이 깊다. 죄인을 당고모로
두었으니 누가 이 아이와 혼인하려
하겠는가. 광, 그대의 첩이 세 명만 되어도
허락했겠으나……."

"그러니까 소신은 전혀 그런 생각이
없사옵니다."

얼굴이 수박만큼이나 벌게진 광이 변명을
하였지만 사씨는 들리지도 않는다는 듯 한참
아정의 머리를 쓰다듬었다. 놀이는 이미
끝났는데도 광은 나갈 생각도 하지 않고
바닥에 뿌리라도 박은 듯이 앉아 사씨를 빤히
쳐다보았다.

"기억을 잃으셨다 들었는데 참입니까?"

광의 물음에 사씨가 고개를 천천히
끄덕였다.

"남들이 그렇다더군. 내가 아는 모든
것이 꿈이고 환상이며 모든 것이 낯선
이곳이야말로 현실이라 하니, 그래, 어쩌면
나는 기억을 잃은 것일지도 모르네."

광은 혼란스러운 얼굴로 말을 이었다.

"사실 저희는 구면입니다. 저를 모른
척하시기에 처음에는 장난인 줄 알았습니다."

구면이라고? 하긴. 정상궁에게 듣자 하니
폐비된 지도 5년이다. 매일같이 문 앞에 서
있는 자라면 구면이라는 것이 이상하지도
않다. 사씨는 혹 민씨의 기억이 그를 알아볼까
하여 광의 얼굴을 다시 찬찬히 살펴보았지만
역시 알지 못하는 자였다.

"기억을 하지 못해 미안하네."

사씨의 말에 광은 무릎으로 걸어 사씨의

지근거리로 들어왔다. 그러고는 숨결이
닿을 만큼 가까이 다가와 사씨의 눈 바로
앞에 자신의 얼굴을 들이밀었는데 사씨는
그를 저어하지도 부끄러워하지도 않았다.
그저 광을 빤히 바라볼 뿐이었다. 마치
네가 어디까지 하나 보자, 하고 지켜보는
것 같았다. 광은 흥이 식어서 작게 한숨을
뱉었다.

"저를 알아보지 못하시니 퍽 서운합니다."

광은 정말로 마음이 상한 모양이었다.
어쩌면 광에게 사씨는 남다른 의미의 사람일
수도 있으리라. 사씨는 혼인한 남녀들
사이에도 그런 감정이 생길 수 있다는 것을
얼마든지 알았다.

"민씨와는 특별한 관계였는가."

사씨가 묻자 광은 복잡한 표정으로
대답했다.

"특별하다면 특별할 수도 있지만……."

광은 품속에서 끄트머리가 해진 서신을 하나 꺼냈다. 오랫동안 들고 다닌 모양이었다. 사씨는 서신을 받지 않고 손으로 밀어 다시 광에게로 돌려주었다.

"내 아무리 기억이 온전치 못하고 폐비가 되었다고는 하나 일국의 왕을 남편으로 두었던 사람인데 어찌 외간 남자의 서신을 받겠는가."

사씨가 꾸짖듯이 말하자 광은 세차게 고개를 저었다.

"이것은 금상께서 주신 것입니다. 소신은 금상과 마마의 전령입니다."

사씨는 고개를 갸웃했다.

"폐비가 금상과 연락을 했다고? 어째서?"

"그야…… 벗이니까요."

"이혼한 부부가 아니라?"

"원래도 부부라고 부르기는 좀 그렇고……
말하자면 계약관계였지요."

그 말에 사씨의 얼굴이 밝아졌다.

"아, 나 그거 아네. 로환소설에 자주
나오지."

아닌 게 아니라 그가 본 대부분의
로환소설이 그랬다. 정치적인 이유로 계약
혼인을 하는 것이다. 몇 년 후 이혼해주겠다는
계약서를 쓰고 가짜 혼인 생활을 유지하다가
결국 사랑에 빠지는 그런 전개는 로환
세계에서는 흔한 것이었다.

"맞습니다. 금상께서는 신분의 벽에
가로막힌 사랑을 하고 계셨지요. 장가 옥정을
사랑하시어 그 외에는 아무와도 혼인하고
싶어 하지 않으셨으나 종친들의 이해를
거스를 수 없었기에 계약 혼인을 하신
겁니다."

"폐비와?"

광은 고개를 끄덕였다.

"예, 일정 기간이 지나면 이혼을 하기로 미리 약조하고 시작한 혼인 생활이었습니다. 그렇기 때문에 항간에 알려진 것처럼 사이가 나쁘지 않았고 도리어 좋은 편이었습니다. 마치 광대들이 공연을 할 적에 배우가 연출가의 지시를 따르는 것과 비슷하였지요. 금상께서 어떠한 역할을 요구하시면 마마께서는 따르셨어요. 쓸데없는 일로 장씨를 불러다 매질을 하거나 투기하는 말을 공공연하게 하는 것 등이 모두 두 분의 합의하에 일어난 일입니다."

광의 말에 따르면 그 두 사람은 의외로 잘 통한 모양이다. 이혼 전에나 후에나 별일이 없을 때도 자주 만나 대화하였다고 한다. 정치부터 시작해서 음악과 그림, 시와 소설에

이르기까지 대화하지 않는 주제가 없었고
말이 끊기는 법도 없었다면서 금상은 폐비와
있을 때 가장 편안해 보였노라 말했다. 하나
평화로운 광의 이야기와는 달리 사씨는
마음이 뾰족해졌다.

"어불성설이로고. 로환소설에서 남자와
여자는 서로의 이익 때문에 계약 혼인을
하는 법이라. 이혼과 동시에 홀로 살아갈 수
있을 정도의 큰 부를 쥐여준다거나 여자의
집안을 일으켜준다거나 하는 여러 이유로
인륜지대사인 혼인을 이용하는 것이야. 하나
민씨가 이혼하여 무슨 이익을 보았던가.
민씨가 얻은 것이라고는 죄인이라는 낙인과
감금 생활뿐인데, 계약 혼인? 말도 안 되는
소리."

사씨의 말에 광은 충격을 받은 듯 보였다.
한 번도 민씨의 입장에서 생각해본 일이 없는

것이 분명했다. 자신의 주인이 금상이라 하여
금상의 이익만을 계산하였을 수는 있겠으나
이혼 후 민씨가 5년간 문밖출입조차 못 하는
것을 보고도 아무 생각이 없었다니 과연
남자들은 여자를 사람으로도 보지 않는
것이로구나. 사씨는 저도 모르게 한숨을
쉬었다.

　"민씨가 금상과의 계약 혼인을 스스로
받아들인 것이 참이라면 다른 이유는 없고
오로지 애정 때문일 터. 그 외의 어떠한 것도
그에게는 이익 되는 일이 없으니 세상에 오직
나쁜 것은 애정이로구나."

　그렇다면 금상은 부끄러워해야 할 것이다.
자신의 애정을 위해 타인의 애정을 이용한
것이 아닌가. 하지만 광은 그리 생각하지 않는
듯했다.

　"과연 두 분은 서로 은애하셨던

것이로군요!"

"그런 소리가 아니라⋯⋯."

사씨가 광의 말을 제지하려 했으나 광은 전혀 들을 생각이 없어 보였다. 그는 의기양양한 표정으로 싱글싱글 웃을 뿐이었다. 금상과 민씨의 관계에서 정을 제한다면 민씨에게 남는 것이라곤 끝나지 않는 고통과 초월적인 인내뿐이거늘. 대가 없는 애정이 주는 고통이 민씨에게 과연 어떠한 의미였을지에 대해서 광은 조금도 관심이 없었다. 광은 오히려 민씨가 금상을 애정했다는 것에만 흥미가 돋는 모양이었다.

"금상께서는 제게 이렇게 말씀하시곤 하셨습니다. 어릴 적에는 만날 때마다 마음이 뛰고 불편해지는 사람이 사랑이라 생각했으나, 함께 있는 것이 편안하고 오래 대화를 나누어도 즐거운 사람이 사랑인 줄 이제야 알았다고. 그래서 금상께서는 내금위 겸사복의 복장을 하고 이곳으로 오셔서는 마마를 직접 만나곤 하셨습니다."

노을이 벌써 하늘에 내려앉아 역광으로 인해 광의 얼굴은 가려졌지만 검은 머리카락이 흑립 아래로 흘러나왔다. 사씨는 머리카락을 그의 귀 뒤로 쓸어 넘겨주었다. 마치 수십, 수백 번은 해본 듯한 자연스러운 동작이었다. 늘 이렇게 해주었다는 것을 사씨는 어쩐지 알 수 있었다. 시간을 들여 단련한 만큼 정직하게 단단해진 그 팔과 땀냄새도 이미 익숙한 것이었다.

이제 보니 광의 얼굴이 누굴 닮았다. 자신을 내려다보는 눈빛이, 까마귀처럼 유독 새까만 머리카락이…… 그래, 꼭 냉진을 닮았다. 함께 도망치자 말했던 그의 용기를 거절한 이후로 사씨는 한순간도 그를 잊은

적 없었다. 그런데 어째서 이국 만리 낯선 땅, 낯선 사내에게서 냉진의 모습이 보이는 것일까. 사씨의 마음이 먹먹해졌고 그의 심장은 전에 없이 요동쳐서 손가락 끝까지 떨릴 지경이었다. 광은 그 순간을 놓치지 않았다. 광의 뜨거운 손이 사씨의 차가운 손가락을 움켜쥐었다.

"이제 연극은 그만두게."

광의 손이 마치 불타오르는 것처럼 뜨거웠다.

"화가 나서 괜히 나를 모른 척하는 것 다 알아. 정말이지 나를 이렇게 대하는 것은 자네가 처음일세."

사씨의 마음이 덜컥 내려앉았다. 아아, 이 떨림은 도대체 무엇이란 말인가. 이것은 사씨가 가진 냉진에 대한 기억인가, 아니면 민씨가 기억하는 겸사복에 대한 기억인가.

사씨는 울고 싶어졌다.

"이제 그만 궁으로 돌아와. 자네의 자리는 남겨두었으니 이전과 달라진 것은 조금도 없네."

그 말에 사씨의 이성이 돌아왔다. 이자는 겸사복이 아니구나. 설마 지금 자신이 금상이라 주장하는 것인가? 금상이 어째서 궁을 떠나 민씨를 보러 왔단 말인가. 금상이 유일하게 사랑했던 여인 장가 옥정을 남겨두고서. 사씨는 입을 열었다.

"장씨는 어쩌고 이제 와 저를 부르신단 말입니까."

그 말에 광이 웃었다.

"거봐. 기억을 잃었다는 것은 다 거짓이로군. 연기가 하도 자연스럽기에 얼마간은 진짜인 줄 믿었더랬어. 내가 무슨 생각까지 했는 줄 아나? 항간에 유행하는

로환소설처럼 그대의 몸에 사씨의 혼이
씌기라도 한 것 아닌가, 하는 망상까지
했다니까."

"예?"

"《사씨남정기》에 나오는……."

"《사씨남정기》라니요? 그게
무엇이관데……."

"안 봤어? 요즘 저자에서 무척 인기인데."

사씨의 손이 떨렸다. 그게 무슨 소리인가.
《사씨남정기》?

사씨는 지금 이 상황이 하나도 이해되지
않았다. 그러니까 광은 금군이 아니라
임금이고, 나는 사씨가 아니라 민씨이고.
아니, 정말 내가 민씨가 맞기는 한가?
《사씨남정기》……. 어쩌면 나는 소설 속의
사람인지도 모른다.

이것도 저것도 사실이라고 주장하는

소리가 머릿속을 뱅글뱅글 돌아다녀서 사씨의
마음을 어지럽혔다. 무엇이 사실이고 무엇이
진실인가. 나의 삶은 누구의 것인가. 속에서
신물이 올라와 사씨는 입을 손으로 막을
수밖에 없었다.

"중전, 몸이 안 좋은가?"

광이 사씨의 팔을 쥐었지만 사씨는
힘겹게 그것을 떨쳐냈다.

너는 누구야. 누군데 나를 아는 척하는
거야. 나는 중전이 아니야. 민씨도 아니고.

하지만 나는 정말로 사씨이긴 한가?
무엇도 믿을 수가 없다. 하늘이 노랗게
변했다. 아니, 하늘은 본래 노란색이던가?
모르겠다. 이제 무엇도 확신할 수 없다. 나는
살아 있는 사람이 맞는가? 사씨의, 아니,
민씨의 오장육부가 꿈틀거리며 자신의 존재를
주장했고 결국 사씨는 그 자리에서 쓰러지고

말았다.


　　사씨가 다시 정신을 차렸을 때 엉망으로
울어서 얼굴이 수척해진 민진후가 그의 옆에
있었다. 사씨는 가볍게 한숨 쉬었다. 아직도
꿈속이로군. 이곳은 현실이 아니야. 다시
억지로 눈을 감고 잠에 빠지려는데 민진후가
차가운 물수건으로 사씨의 얼굴을 닦으며
끊임없이 말을 걸었다.

　　"정신을 놓으시면 안 됩니다, 마마.
마음을 굳건히 하셔야 합니다. 금강산에
가고 싶으시다면 소신이 업어서라도 데리고
가겠나이다. 그러니 제발……."

　　사씨의 얼굴에 뜨거운 눈물이 몇 방울
떨어졌다. 사씨는 무거운 눈꺼풀을 이겨내고
민진후의 얼굴을 바라보았다. 민진후는
사씨가 눈을 떴다는 것만으로도 감격한

모양이었다. 무척이나 기쁜 듯, 사씨의 손을
잡아주는 것을 보면.

민진후의 손은 매우 뜨거웠다. 그의
맥박이 느껴졌다. 온기와 살짝 땀이 배어 나온
손까지도 모두 살아 있는 사람의 것이었다.
그래, 그는 틀림없이 살아 있는 사람이다.
그러나 이 몸은, 이 몸은 정말로 살아 있는
것이 맞는가? 사씨는 혼란스러웠다.

"나는……."

사씨가 입을 열자 민진후는 고개를
끄덕였다. 무슨 말이든 듣겠다는 듯이. 마치
유언이라도 말하는 기분이군. 민진후도
어쩌면 그렇게 생각했는지 잘생긴 미간의
주름이 깊어졌다. 꼭 아정과 닮았다. 사씨는
손을 들어 민진후의 미간을 톡톡 건드려
펴주었다. 민진후가 부끄러운 듯 입가에
미소를 띠었다. 그 순하고 안심되는 얼굴에

사씨는 모든 것을 고백하고 싶을 정도였다.
저는 민씨가 아니라 사씨입니다. 하지만
사씨의 입에서 나온 것은 다른 말이었다.

　"《사씨남정기》를 읽고 싶은데
구해주겠는가?"

　민진후는 눈물이 뚝뚝 흐르는 것을 겨우
닦고는 웃으며 말했다.

　"서포 대감께서 쓴 소설 말씀하시는군요.
얼마든지요. 모든 판본을 구해드리겠습니다."

　"모든 판본……?"

　"《사씨남정기》는 인기작이라 판본이
여럿입니다. 무엇을 좋아하실지 모르니 다
구해드리겠습니다. 그러니 마마께서는 몸을
회복하는 것만 생각하십시오."

　민진후는 자신만 믿으라는 듯 사씨의
손을 꼭 쥐었다.

며칠 뒤, 일어나 앉을 정도로 건강을
회복한 사씨는 열세 벌이나 되는
《사씨남정기》의 판본을 받았다. 민진후의
말에 따르면 전국을 뒤져 구하고 있다고 하니
시중에 나온 판본은 더 되는 모양이었다.
며칠에 걸쳐 사씨는 두문불출하며 여러
판본의 《사씨남정기》를 읽고 읽고 또
읽었다. 판본이란 것은 희한하였다. 시작은
대동소이하였으나 중반 이후로는 같은 것이
하나도 없었으며 그 내용도 상상을 초월했다.
　　이를테면 사씨가 남편의 바보 같은
결정으로 인해 그 고생을 하고서도 다시
부부의 연을 잇는 판본이 있는가 하면
사씨가 속세와의 인연을 끊어버리고 신선이
되는 이야기도 있었으며 사씨를 괴롭혔던
교씨가 개작두에 목이 잘리는 판본, 그리고
사씨와 흑발 냉미남인 냉진이 살림을 차려

아들딸을 낳고 잘 사는 판본도 있었으니
정말로 가지각색이었다. 그것은 사씨에게 큰
충격이었다. 이제까지 사씨는 자신의 삶에
다른 방식이 있다고는 생각해본 적이 없었기
때문이다.

노을 지는 평상에 앉아 서로의
머리카락을 쓸어주면서도 절대 입을 맞추지
않기 위해 애쓰지 않아도 되는 삶이 그곳에는
있었다. '교씨 같은 간악한 계집'이 되지 않기
위해 평생의 유일한 사랑을 모른 척하지
않아도 되는 선택지도 그에게는 있었다.
하지만 그것이 선택인 줄 몰랐기에 사씨는
그를 떠나보냈었다. 한데 놀랍게도 삶은,
어쩌면 선택이었던가. 하면 이제껏 힘들게
살아온 나의 인생 역시 선택이란 말인가.

이 고통은 진심을 줄 가치가 없는
상대에게 진심을 주고 기대한 것에 대한

대가였던가. 아니면 평생의 사랑을 두고도
마음을 거두어들인 것에 대한 벌이었던가.

　사씨는 자신이 행복할 수 있는 기회를
이미 오래전 놓쳐버렸다 생각했으나 그렇지
않았다. 그가 고려하지 않았던 선택지에 대한
결과들이 이렇게 많은 판본 안에 담겨 있었다.

　그제야 사씨는 깨달았다. 그는 이제껏
수많은 삶을 살았으며 수없이 선택했다는
것을. 그는 그 많은 판본 각각의 삶을 살았다.
열 번이고 백 번이고 원하는 결말이 나올
때까지 수백수천 가지 삶의 방향을 모두
가보았다. 그리고 다시 이곳으로 돌아온
것이다. 모든 이야기의 시작점인 민씨에게로.
그는 사씨였으며 또한 민씨였고 그리고 아직
선택의 여지가 있는 삶을 가지고 있었다. 모든
결말은 이제 그의 결심에 따라 다시금 뒤바뀔
것이다.

그때, 익숙한 목소리가 들렸다.

"당고모님 일어나셨나요?"

사씨는 읽던 책을 덮고 얼른 대답했다.

"일어난 지 오래라. 속히 들어오라."

"또 그런 말투."

"내 말투가 여즉 이상한가."

"아뇨, 좋아요."

아정이 들어와 사씨의 무릎에 얼굴을 기대고 누웠다.

"얼른 일어나셔서 저와 다시 놀아주세요. 당고모님이 아프시니 아정이는 마음이 슬퍼요."

귀여운지고. 사씨는 아정의 포동포동한 볼을 꾸욱 늘렸다. 아정은 별로 좋아하는 기색은 아니었지만 입을 요만치 내밀고 참아주었다. 어린 질녀가 자신의 장난을 참아주는 것이 사씨는 좋았다.

"아정은 《사씨남정기》에 대해 아는가."

아정은 고개를 끄덕였다.

"그럼요. 저도 여러 판본을 구해
읽었어요."

"어떤 결말이 제일 좋았는고."

아정은 잠시 고민하더니 대답했다.

"저는 냉진과 이어지는 판본이 좋아요."

사씨는 웃었다.

"흑발 냉미남이라서?"

"그럼요. 바보 같은 남자는 얼른 버리고
흑발 냉미남을 쟁취해야지요."

사씨가 귀엽다는 듯 아정의 볼을
만지작거리고 있는데 밖에서 부러 내는 것이
분명한 헛기침 소리가 들렸다. 민진후였다.
어째서 여기까지 왔으면서 들어오지 않는
것인지. 사씨는 이유를 알면서도 애써 모르는
척했으나 아정이 먼저 문을 열어주었다. 빼꼼

문이 열리자 약간 상기된 얼굴의 민진후가 들었다. 아정은 아버지가 들어오는 것과 동시에 문밖을 나섰다. 아무튼 눈치가 빠른 아이였다.

민진후는 할 말이 있는 듯 몇 번이고 입술을 씹었지만 아정이 충분히 멀어졌다고 판단되기 전까지 아무 말도 하지 않았다. 그는 일다경 정도 말이 없다가 주변의 소음이 완전히 사라졌을 때에야 겨우 입을 열었다.

"정상궁으로부터 이야기를 들었습니다. 겸사복으로 변복한 금상을 만나고 나서 쓰러지셨다고요."

정상궁은 알고 있었구나. 그래서 외간 남자가 집 안에 들어오는데도 말리지 않았던 것이군. 그제야 사씨는 모든 것을 이해했다.

"전 정말 화가 납니다. 마마를 이용하고 다치게 한 자가 어째서 계속 마마를 놓지도

못하는지. 저라면 절대로 마마를 그리 대하지
않을 텐데. 저라면 절대로⋯⋯."

그러고 보니 민진후의 눈이 붉었다. 밤새
잠을 한숨도 이루지 못한 사람처럼 얼굴이
초췌했다. 많이 고민한 모양이었다.

"제가 마마를 지켜드리겠습니다. 절대
금상이 마마를 해하도록 두지 않겠습니다."

민씨는 죄가 많은 인물이군. 언제 자신의
종형제에게 이런 애틋한 마음을 품게 했단
말인가. 하지만 사씨는 제가 원하지 않는
애정을 받고 싶은 마음은 추호도 없었다.

"종형제님. 나는 종형제님한테 아무것도
줄 수 없어."

그러나 사씨의 말도 그의 결심을
바꾸지는 못하는 것 같았다.

"압니다. 저는 마마를 언제나 가족
이상으로 생각해왔으나 마마께서 절

받아주실 거라 기대한 적은 한 번도 없습니다. 그저 이곳에 머물겠다, 그렇게 한마디만 해주신다면 제 평생을 걸고서라도 마마를 지켜드리겠습니다."

민진후의 사랑은 한발 물러서 있는 것이었으나 몹시나 진득해서 쉽게 떨쳐낼 수 없었다. 사씨는 평생 그런 사랑을 받아본 적이 없으므로 조금쯤은 마음이 흔들렸으나 남의 것에 손대지 않는 것은 사씨의 결벽한 습관이었다. 사씨는 민진후의 부드러운 갈색 머리카락을 바라보았다.

아정은 자신의 행복이 어떤 것인지 명확하게 알았다. 그는 자신의 행복을 사랑에 두었다.

민진후는 사랑이 아니라 순정을 간직하는 것을 행복으로 두었다. 그는 자신의 사랑을 이루어서 그의 전 생애를 위험에 빠뜨리는 대신 한발 물러나는 것으로 자신의 애정을 지켜냈다.

광은 제멋대로 남을 다루는 것을 행복으로 두고 있다. 어디에든 여자를 두고 그 여자들에게 사랑을 받고 주고 휘두르면서 그는 앞으로도 여러 여자를 저울질할 것이다.

하면, 나는? 나는, 무엇을 원하지?

"아정이 나더러 행복해지려면 사랑을 하라더군. 따뜻한 남부 공작의 애정 공세를 받아 북부 대공과 열정적인 사랑을 하라고 말이야."

딴에는 큰맘 먹고 커다란 고백을 하던 민진후는 상대가 갑자기 왜 이런 이야기를 꺼내는지 알 수 없었다. 이해할 수 없었지만, 사랑하는 여인의 말을 끊지 않는 것이 그의 애정이었으므로 민진후는 물었다.

"마마의 행복도 그러합니까?"

"모르겠네. 나는 모르겠어."

"저는…… 안온한 애정 공세를 받는 행복도 좋다고 생각합니다."

민진후는 사씨의 손등 위에 자신의 손바닥을 겹쳐두었다. 살짝 땀이 배어 있는 손바닥이 그가 얼마나 긴장해 있는가를 알려주었다. 미안한 마음이 들었지만 사씨는 슬쩍, 손을 빼냈다.

"나는 말일세, 이제껏 나를 위한 선택을 해본 적이 없네."

민진후의 눈썹이 꿈틀거렸다.

"태임이, 맹모가, 경강이 알려주듯이 여자로서 해야 할 일만을 했어. 가문의 명예를 가장 드높여줄 사람과 혼인하고 아이를 낳기 위해 노력했네. 아이를 낳지 못해 가문의 대를 이을 수 없으니 첩을 들이기를 권하였고. 그리고 이후의 일은 종형제께서도 아시다시피 이런 결과지. 그 과정에서 내 선택이 조금도 없었다곤 말할 수 없네만 그 선택이 나의 행복을 위한 것은 아니었네. 한데 이제 와보니 나의 불행 역시 내가 선택한 것이었단 말이야. 아무도 알려주지 않았을 뿐, 내겐 언제나 '아니오'라고 말할 선택지가 있었던 걸세."

"마마……."

민진후가 낯선 사람을 보듯 사씨를 보았다. 민진후의 생을 통틀어 사씨와 이렇게 긴 이야기를 나누어본 적이 없었다. 어렸을 때도 그리고 큰 다음에도 그와 사씨 사이에는 이야기 대신 흘끔거림과 긴 여백과도 같은 거리감, 그리고 상상의 여지로만 채워진 세월이 있었다.

그는 실제로 사씨가 이렇게 '특정한' 생각을 하고 '어떠한' 말을 하는 사람인 줄은 처음 알았다. 이것은 대단히 새로운

발견이기는 했으나 그럼에도 불구하고
민진후는 사씨의 말을 거의 이해하지 못했다.
그는 사씨의 파리한 안색과 흐트러졌는데도
단아한 자세, 힘겹게 말하면서도 또렷한
발음에 집중하느라 그의 말을 들을 정신이
없었다. 민진후는 청춘을 바친 제 숭배의
대상을 온전히 기억하였기에 20년이 지난
후에도 마치 어제 일처럼 사씨의 모습을
떠올릴 수 있었으나 정작 사씨가 무슨 말을
했는지는 끝내 알 수 없었다.

　　"어떤 여자들은 말이야, 모험을
두려워하지 않더군. 아무것도 모르는 10대
초반에 혼인을 하고 처음 보는 사람과 아기를
만들면서도 절망에 빠지지 않는 까닭은
호기심 때문이야. 가만히 앉아 있는 것보단
한 걸음 내디뎌보는 것이 여자의 본성이거든.
그것은 본 적도 없는 금강산에 올라가보고

싫어 하는 마음과 같아. 하지만 미지의 것은 손안에 들어오는 순간부터 미지의 것이 아니니 언제까지나 더 원하게 되지. 더 큰 산. 더 큰 시련. 더 커다란 고난…… 어쩌면 여자들이 불행해지는 이유도 그놈의 호기심 때문인지도 모르겠어. 하나 사람이 어찌 정해진 길로만 가겠는가. 행복에는 모험이 필요한 법일세."

민진후는 사씨의 말을 이해하지 못했으면서도 그를 위로하기 위해 최선을 다해 말을 골랐다.

"마마의 불행은 금상의 탓이지 마마의 탓이 아닙니다."

그 말은 일부 사실이었으나 사씨가 하고 있는 말과는 결이 달랐다.

아, 남자들과는 깊은 이야기를 할 수가 없겠구나. 그들은 자신을 생각하는 인간이라기보다는 안타까운 애정의 상대로밖에는 여기지 않았다. 차라리 아정을 두고 이야기할 것을. 사씨는 한숨을 쉬는 대신 자꾸만 떨리는 목소리를 바르게 하기 위해 노력했다.

"자네가 사랑하는 민씨 역시 수많은 선택을 했네. 본 적도 없는 금강산에 오르기를 꿈꿨던 이가 아무 이익도 없는 계약 혼인을 선택할 때 얼마나 커다란 호승심과 모험심이 있었을지 짐작도 가지 않아. 이제야 알겠어. 나는 아무래도 민씨를 행복하게 해주기 위해 이리로 온 모양일세."

"그게 무슨 말씀이십니까."

"《사씨남정기》에 여러 판본이 있다면 민씨의 이야기에도 여러 판본이 없으리란 법은 없지. 나는 여기서 떠나야겠네."

민진후의 눈이 커지더니 단호하게 고개를

저었다.

"어딜 가신다는 말입니까. 바깥에 금군이 지키고 있는 것을 모르십니까. 위험합니다. 죽을 수도 있어요."

알고 있다. 하지만 사씨는 전혀 죽음이 두렵지 않았다. 어쨌든, 그는 한 번 죽은 것이나 마찬가지기 때문이다.

"내게 가장 위험한 것은 남자들의 보호 아래 있는 것이야. 나는 금강산에 가겠네."

"금강산은 험한 산입니다. 언덕도 올라본 일 없는 아녀자가 오를 수 있는 곳이 아닙니다."

민진후는 절대 안 된다는 듯이 언성을 높였다. 그의 말은 거짓도 괜한 걱정도 아니었다. 사씨는 그간 오래 앓았고 집 밖으로 나서본 지도 오래되었다. 집 안에 틀어박힌 생활은 사씨의 체력과 건강을 갉아먹었으며

그 증거로 사씨는 민진후의 손목보다
가느다란 발목을 가지고 있었다. 그런 몸으로
금강산은커녕 한양 밖으로 걸어 나갈 수나
있을지. 하지만 사씨는 단호했다.

"나는 빈약하나 두 다리를 가졌어.
금강산엘 못 간다면 묘향산에라도, 묘향산이
안 된다면 북한산에라도 가겠네. 아무 데도
가지 못한다면 동네 뒷산이라도 오르겠어.
그러지 않으면 나는 죽네."

'죽음'이라는 말에 그제야 민진후가
반응했다. 폐비가 된 이후 중전의 몸이 이유
없이 약해지는 것을 목격했기 때문이다.
아무리 밥을 먹어도 살이 붙지 않고 아무리
잠을 자도 초췌해지는 것은 마음에 병이 있기
때문일 것이다. 어쩌면 그는 금강산에 가지
못하면 정말로 죽을지도 모른다. 민진후는
그것이 두려웠다.

"아정의 말이, 본래 회빙환이라는
이야기에서는 주인공이 어떻게든
행복해져야만 한다는군. 나는 행복해지지
않으면 죽는 사람이야."

민진후의 눈에서 눈물이 흘렀다. 사씨가
깨어났을 때의 눈물과는 달랐다. 그는 쓴
약을 먹은 사람처럼 입을 앙다물고 어떻게든
사씨를 자신의 이해 아래 두기 위해서
안간힘을 쓰고 있었다.

"소신은 금강산에 다녀온 적이 있습니다.
그 산은 물론 명산이고 아름다우나 그
또한 산일 뿐입니다. 오르고 나면 내려와야
합니다. 고작 산 하나를, 그것을 보겠다고
목숨과 명예를 걸겠다고요? 지금의 선택으로
마마께서는 불행해질지도 모릅니다. 그래도
가시려는 겁니까?"

민진후의 말에는 가시가 돋아 있었다.

사씨가 그 말을 듣고 차라리 상처를 받아
하려는 바를 그만두기를 민진후는 바랐다.
하지만 사씨의 얼굴에는 고민하는 기색이라곤
없었으며 더없이 당연한 편안함만이 단호한
입술에 감돌았다.

　"자네 말이 맞아. 어쩌면 불행해질지도
모르지. 하지만 가지 않는다면 확실히
불행해질 거야."

　사씨는 환하게 웃었다. 이전의
민씨에게서는 볼 수 없었던 크고 당당한
웃음이었다. 사씨의 말투는 이제 소설 속 사람
같지 않았으며 누가 보아도 완연히 현실에
발을 딛고 서 있는 왕비 같았다.

　민진후는 이제야 사씨가 오를 수 없는
곳에 있는 고귀하신 분이 아닌 같은 땅에
다리를 딛고 있는 사람으로 보였다. 그는
민진후의 상상 속에서만 수없이 확대

재생산되었던 연약하고 우아한 왕비가
아니라 단단하고 고집이 세며 자기 확신에 찬
여인이었다.

　　민진후는 이제껏 자신이 사씨를 보호하고
있다 여겼으나 애초에 사씨는 민진후의 품
안에 들어온 적도 없었다. 마음에 금강산을
품고 있는 여자를 어떻게 한낱 남자가 품 안에
넣을 수 있다 여겼는지.

　　민진후는 사씨를 잡을 수 없다는
것을 알았다. 그는 고개를 숙여 사씨의
선택을 존중했다. 바닥에 뜨겁고 굵직한
눈물방울이 떨어졌으나 사씨는 그것을 보지도
못했으리라.

　　그것이 민진후와 사씨의 마지막이었다.
사씨는 떠났고 민진후는 그의 그림자도 잡을
수 없었다. 3개월 뒤, 민진후는 사씨에 대한
소식을 겨우 조보로나마 접했을 뿐이다.

장씨가 보낸 의심스러운 과자를 먹고 나서 죽었다 살아난 폐비 민씨가 금강산에 올라 신선이 되었다는 사실은 경복궁 사람들에게나 한양 사람들에게나 공공연한 비밀이다.

숨이 끊어졌다 돌아온 이후로 폐비는 성격이며 행동거지가 완전히 다른 사람과 같았는데 어느 날 부처님의 계시를 받아 사저를 떠났다. 폐비의 사저를 지키고 있는 수많은 금군이 있었음에도 여인 하나가 들고 나는 것을 몰랐을 정도였으니 관세음보살의 도움이 아니라면 어찌 연약한 여인의 몸으로 금강산까지 갈 수 있었겠는가.

폐비의 승선을 직접 목격하였다는 질녀 아정의 말에 따르면 폐비는 금강산 팔선녀탕에 이르러 육신의 허물을 벗고 승선하였다 전해진다. 물론 이 일의 진위에 대해서는 논란이 있으나 이를 목격한 사람이 한둘이

아니라 하니 묵노를 벗어나 열반에 이른
폐비에게 관세음보살의 자비가 가득할진저.

金剛山內搜勝

겸재 정선, 《신묘년풍악도첩》 중 〈금강내산총도〉, 국립중앙박물관

## 작가의 말

　　나는 대학원에서 국문학을 전공했는데
세부 전공으로는 현대문학을, 논문 주제로는
순정만화를 선택했다.

　　혹시 찾아보는 불상사가 생길까 봐
논문의 제목을 말해줄 수는 없지만, 그
내용을 말씀드리자면 '어떻게 흑발 냉미남이
금발 온미남을 이기고 80년대 순정만화의
주인공이 되었는가'에 대한 나름의 분석과
고찰이었다. 하지만 이후 나는 박사 과정에
진학하지 않고 작가가 되었으니 이 소설은 내

나름의 후속 연구라고도 할 수 있을 것이다.

처음 이 이야기를 구상했을 때 조은혜 편집자에게 운을 띄웠더니 대뜸 '장희빈'이 주인공이냐고 물었다. 나는 '인현왕후'가 주인공이라고 대답했는데 편집자는 특이하다는 반응이었다. 그때 이 소설의 주인공은 확실히 '인현왕후'여야 한다고 확신했다.

어째서 장옥정이 아니라 인현왕후를 주인공으로 내세웠는가, 하면 그가 현대에 들어와 인기가 없는 조연의 위치로 전락했기 때문이다. 현대의 드라마에서는 장옥정이나 숙빈인 동이가 주인공이 될지언정 인현왕후에 주목하지는 않는다. 하지만 로맨스판타지의 세계에서는 주로 소설의 조연이 회빙환의 주인공이 되지 않던가. 그러므로 주인공은 반드시 인현왕후여야 했다.

이 이야기를 쓰기로 마음먹고 맨 먼저 한
일은 《사씨남정기》를 읽는 것이었다.

인현왕후가 당시에 어떤 이미지였는지,
어떻게 재현되었는지를 알고 싶어 가볍게
시작한 일이었는데 책을 빌리려고 도서관에
검색을 해보니 판본이 한둘이 아니었다.

국문본, 목판본, 경판본, 필사본, 활자본
등 수많은 판본이 있는데 문제는 판본마다
결말이 다르다는 것이었다. 그럼 대체
어떤 이야기가 '진짜'지? 하고 나는 꽤
혼란스러웠던 것 같다. 그때 느낀 혼란이 이번
소설의 주제가 되었다.

이 이야기의 끝에서 인현왕후는 가장
좋은 판본을 골랐을까?

그는 정말로 금강산에 갔을까?

나는 사씨가, 인현왕후가 정말로 금강산에
갔는지 확신할 수 없다.

그는 한낮의 집 안에서도 픽픽 쓰러질
정도로 연약하지 않은가. 그런 몸으로 어떻게
금강산에 갔는지, 금군이 즐비한 안국동
사저를 어떻게 빠져나갔는지 알 수 없다.

하지만 이야기는 전해지는 대로 남는
법이며 그의 소중한 질녀인 아정이가
당고모는 금강산에서 신선이 되었다
주장했으니 아마 그것만이 진실일 것이다.
나머지의 가능성은 다른 판본의 소설로
남겨두기로 한다.


이 책을 읽어주신 여러분의 선택들이
모여 가장 좋은 판본을 만들어내기를
소망하며.


2024년 여름

현찬양

# 현찬양 작가 인터뷰

**Q.** 〈작가의 말〉에도 슬쩍 언급이 되어 있습니다만, 현대 창작물에서 인현왕후는 보통 장희빈과 함께 언급이 되는데요. 대체로 장희빈을 주인공으로, 인현왕후를 조연으로 두고는 합니다. 이 작품에서 인현왕후를 주인공으로 내세우게 된 그 시작에 대해 좀 더 듣고 싶습니다. 장희빈과 인현왕후 두 사람에 대해 조사를 하면서 새로운 인현왕후를 발견하게 된 것인지요, 아니면 처음부터 인현왕후 한 사람을 중심으로 이야기를 써보고 싶단 생각이 있으셨던 건지요.

**A.** 사실 제가 인현왕후를 좋아합니다.

실록 등을 읽어보면 인현왕후는 지금 우리들이 흔히 알고 있는 이미지와는 꽤 다릅니다. 《사씨남정기》나 《인현왕후전》의 주인공과도 달라요. 실록은 행동의 결과만을

기록하므로 이유는 알 수 없지만 인현왕후는
장옥정을 불러 회초리로 때린 적이 있지요.
숙종에게 패악을 부린 적도 있고요. 정말로
그가 인자하기만 한 심약한 중전이라면 할
수 없는 일입니다. 인현왕후의 폐위 이유는
'투기', 즉 질투인데 그의 발언 수위를
들어보면 이해가 갈 정도입니다.

"꿈에 돌아가신 명성왕후를 만났는데
제게 말씀하시기를 너는 복이 두텁고 자손이
많을 것이나 숙원(장옥정)은 아들이 없고 복도
없다고 하셨습니다."

"숙원은 전생에 짐승의 몸이었는데
주상이 쏘아 죽였으므로 묵은 원한을 갚고자
이 세상에 태어난 것입니다. 그는 앞으로
화를 불러올 것이며 팔자에 아들이 없으니
주상께서 아무리 공을 들이셔도 소용없을
것입니다."

"폐위하려거든 하세요! 싫은 길을
숙종에게 대놓고 할 정도였죠. 이후
인현왕후는 정말로 폐위되어 어렵게
살았습니다. 하지만 조카딸을 키우며
조선 최초의 여성 전용 보드게임인
'규문수지여행지도'를 만들어 놀 정도로 유희
또한 잊지 않았어요. 그는 참고 인내하는,
고분고분한 여자가 아니었습니다.

　도리어 어리숙한 것은 장옥정 쪽입니다.
장옥정은 숙종과 '나 잡아봐라' 놀이를 하다가
흥에 취해 중궁전까지 들어가서 "전하께서 절
너무 따라다니시니 말려주세요"라고 야살을
떨다 미운털이 박히는, 해맑은 데가 있는
사람입니다.

　인현왕후든 장옥정이든 숙종의 변덕과
정치놀음에 이용하기 편하도록 제멋대로
창조된 인격을 부여받았을 뿐, 실제

인현왕후의 행적을 보면 노는 것도 좋아했고
성격도 드센 여자였던 것 같습니다.

드센 인현왕후와 그보다 여덟 살이나
많지만 사랑밖에 모르는, 약간 어리바리한
장옥정의 이야기를 하는 것도 재밌겠다고
늘 생각하고 있었습니다만 분량 관계상,
그리고 이번 콘셉트상 장옥정의 이야기는
생략되었습니다. 정적인 두 사람이 친구가
되는 이야기도 언젠가 할 수 있다면
재밌겠네요.

**Q.** 작품을 읽으면서 모든 등장인물의
성격이 다 또렷이 느껴진다는 인상을
받았습니다. 한 사람 한 사람이 제각기
다른 성격을 지녔고, 그것이 잘 드러난다고
생각했는데요. 그럼에도 사씨(사정옥)를
중심으로 서로 깨달음을 주거나 받으면서
서서히 관계와 성격이 변한다는 생각도
동시에 들었습니다. 등장인물의 캐릭터를
만드실 때 중요하게 생각하시는 지점이
있다면 어떤 게 있을까요? 또 이 작품 내에서
사씨를 제외하고, 가장 신경을 쓴, 애정을
쏟은 캐릭터가 있다면 누구일까요.


**A.** 평소에는 등장인물들을 만들 때
사건의 흐름과 인물관계를 중심으로
캐릭터의 성격을 구축합니다만 이번에는
모든 등장인물이 '전형적'으로 느껴지도록

애썼습니다. 순정만화의, 혹은 로판의 '그
인물들'로 느껴지게 하는 것이 목표였습니다.
흑발 냉미남과 금발 온미남, 그리고
갈팡질팡하지만 심지가 굳은 여주인공은
순정만화의 기본 세팅이죠.

 이번에는 아정의 시점이 '현재'로
느껴지고 사씨가 책 속의 인물이어야 하기에
말투에 변화를 주고 싶었습니다. 그래서
식민지기 만들어진 근대소설 화자의 목소리를
빌려 사씨의 말투를 만들었습니다. '현재'의
우리가 낡았다고 생각할 만한 목소리는
교과서에서 배운 가장 오래된 소설, 즉
식민지기 소설일 것이라 생각했어요. 나머지
인물들의 말투는 사극 말투를 기본으로
하되 어색하지 않을 정도로는 최대한 현대식
어투를 구사하도록 하여 둘 사이에 차이가
생기도록 했습니다.

가상 신성을 든 캐릭터는 아무에게도

아정이겠죠.

어린애들이란 미디어에서 묘사하듯이
방실방실 웃지도 않고 혼자 이상한 것에
집중하기도 하고 어떤 면에서는 절대로
고집을 꺾지 않는 주관을 가지고 있지요.
저는 아이도 없고 조카도 없지만 예전에
방과 후 교실에서 아동들을 가르쳐본 기억이
있습니다. 그 애들에 대한 기억을 떠올려서
인물을 만들었습니다. 진짜 아이다워 보이길
바랐는데 잘되었는지 모르겠습니다.

**Q.** 주인공 사씨는 소설 《사씨남정기》에 등장하는 인물로, 이에 대한 설명은 작품 속에서도 언급되어 있습니다. 《사씨남정기》는 숙종과 장희빈, 인현왕후의 관계를 빗대어 쓰인 작품이라는 해석도 있지요. 하지만 인현왕후와 《사씨남정기》의 사옥정, 이 두 사람을 이렇게 큰 비중으로 한 작품에서 본 경험은 없었던 것 같습니다. 인현왕후의 폐위 이후의 이야기에 사씨를 결합시키는 발상은 어떻게 하게 되신 건지 궁금합니다.

**A.** 회빙환을 골자로 하는 작금의 웹소설에서 아이디어를 떠올렸습니다.

제 남편은 문화연구자인데 최근에 웹소설에 대한 연구를 하느라 계속 웹소설을 보더군요. 그러다 보니 저도 유명한 것은 몇 편 읽게 되었고 어떤 작품은 푹 빠져서 밤새

읽기도 했습니다.

사실 웹소설의 문법이 처음에는 익숙하지
않아 읽는 데 시간이 걸렸는데 익숙해지자
제가 좋아하는 것을 골라 보기 편했습니다.
인물관계와 서사의 중심이 되는 소재 자체가
소장르가 되어 있어서 이야기를 보기도
전에 내용을 대강 알고 시작할 수 있을
정도였습니다. 하지만 인기 있는 작품들은 그
와중에도 예상치 못한 전개를 가지더군요.

장르소설의 장점은 그런 데 있는 것
같습니다. 전형적인 것 사이에서 독창적인
것을 약간 발견하게 하여 독자들을 기쁘게
하는 것 말입니다.

웹소설 문법에 익숙한 '요즘 독자님'들이
재밌게 볼 수 있는, 그런 작품을 써보고
싶었습니다. 장르문학과 웹소설의 경계
즈음에 있어서 장르적 관습을 공유한 작품을

쓰고 싶기도 했고요. 그리고 사실 저는 한 번도 로맨스를 써본 적이 없어서 제가 과연 그런 것을 쓸 수 있을까에 대한 의구심을 항상 가지고 있었는데 이번에 아주 약간 사랑 이야기에 가까운 것을 써보았더니 다음에는 더 깊고 진한 로맨스를 작품에서 선보일 수 있겠다는 용기가 생겼습니다.

**Q.** 작가님은 순정만화로 논문을 쓰시기도 했고, 이 소설 내에서도 '로환소설', 로맨스판타지의 요소가 주요하게 등장하고 있습니다. 이 작품과 함께 읽으면 좋을 만한 순정만화 혹은 로맨스판타지가 있다면 추천해주실 수 있을까요?

**A.** 웹소설은 이미 많이 읽으실 것이나 요즘은 순정만화를 많이 읽지 않으시니 순정만화를 추천하겠습니다.

금발 온미남과 흑발 냉미남 사이에서 갈등하는 이야기라면 역시 강경옥 선생님의 《별빛속에》일 것 같습니다. 저는 이 만화를 너무 좋아해서 매년 한 번은 꼭 읽습니다. 어쩌면 내가 있는 이 자리가 가짜이고 내 진짜 가족들은 저 우주 어디에 있을 거다, 라고 생각하는 사람이라면 즐겁게 볼 수 있을

겁니다.

'회빙환'에 초점을 맞춘다면 권교정 선생님의 《피리 부는 사나이》도 좋습니다. 전생과 현생에 대한 이야기지만 주인공은 결국 무엇이 중요한지 확실히 알고 있지요. 같은 단편집에 있는 〈메르헨, 백설공주의 계모에 관한〉도 매우 아름다우니 놓치지 마시고요.

**Q.** 작품 속 사씨가 '나'만의 행복에
대해서 고민하기 시작하는 지점이 인상
깊었습니다. 모두들 내가 좋아하는 게
무엇인지 고민하기를 꿈꾸지만, 실제로는
자신의 역할을 벗어나 진짜 내가 행복해지는
방법을 찾지 못한 채 시간을 흘려보내니까요.
특히 사씨가 '나'의 진정한 행복을 찾아야
사씨가 현재 겪고 있는 빙의의 문제가
해결된다는 점에서 사씨의 고민은 이
작품에서 매우 중요하게 느껴졌는데요. '나'의
행복을 찾겠다는 굳은 의지랄까, 아이디어는
어떻게 시작된 것인지 궁금합니다.


**A.** 아무래도 이 이야기의 독자는
조선인이 아니라 현대인이니까 지금의 고민을
담아야 했습니다. 그리고 회빙환을 가져온
이상 그 장르의 고민을 함께해야만 했죠.

이것은 회빙환을 주제로 하는 거의 모든 소설의 주제이기도 합니다. 등장인물의 행복 말입니다.

회빙환 소설 속에서 인물들은 처음엔 개인의 복수를 위해, 나라의 재건을 위해, 혹은 부모님의 원수를 갚기 위해 모험을 시작합니다만 결국은 이야기의 중반 즈음 목표를 이루거나 포기하거나 변경하면서 필연적으로 자신이 가장 원하는 것이 무엇인가에 대한 고민을 하게 됩니다. 다른 사람의 몸에 들어가 있지만 진정한 '나'를 찾아 나아가는 과정이야말로 회빙환 소설의 핵심적 주제라고 생각합니다.

사씨는 자신의 내면을 들여다보고 진정한 사랑을 발견해내지만 그의 사랑은 '이 세계'가 아니라 '저 세계'에 있기 때문에 이곳에서 만난 어떤 남자와도 다시 사랑에 빠질 수

없었습니다. 그래서 사씨의 선택은 떠나는

것일 수밖에 없었고요.

**Q.** 작품의 마지막에 이르러 삶은 선택이라는 깨달음이 강렬하게 그려지는데요. 다 아는 얘기 같지만, 실제로 온몸으로 그 사실을 깨닫는 것은 매우 힘든 일이라는 생각이 듭니다. 눈앞에 닥친 그 한 가지 외에도 다른 선택지가 있다는 걸 알기 위해선 큰 용기가 필요하다는 생각도 들고요. 이 작품은 그 자체의 재미도 충분하지만, 이 글을 읽는 독자 중에는 사씨의 용감함, '나의 결심에 따라 모든 것이 달라지는 선택'의 대범함에 용기를 얻는 분들도 많을 거라 생각합니다. 독자분들께 인사를 전해주실 수 있을까요.


**A.** 무엇도 명확하지 않고 아무것도 알 수 없는 세상에서 그래도 내 편인 나를 오롯이 믿어줘야 해. 힘내. 지지 마.

---

한 조각의 문학, wefic

구병모 《파쇄》

이희주 《마유미》

윤자영 《할매 떡볶이 레시피》

박소연 《북적대지만 은밀하게》

김기창 《크리스마스이브의 방문객》

이종산 《블루마블》

곽재식 《우주 대전의 끝》

김동식 《백 명 버튼》

배예람 《물 밑에 계시리라》

이소호 《나의 미치광이 이웃》

오한기 《나의 즐거운 육아 일기》

조예은 《만조를 기다리며》

도진기 《애니》

박솔뫼 《극동의 여자 친구들》

정혜윤 《마음 편해지고 싶은 사람들을 위한 워크숍》

황모과 《10초는 영원히》

김희선 《삼척, 불멸》

최정화 《봇로스 리포트》

정해연 《모텔》

정이담 《환생꽃》

문지혁 《크리스마스 캐러셀》

김목인 《마르셀 아코디언 클럽》

전건우 《앙심》

최양선 《그림자 나비》

이하진 《확률의 무덤》

은모든 《감미롭고 간절한》

이유리 《잠이 오나요》

심너울 《이런, 우리 엄마가 우주선을 유괴했어요》

최현숙 《창신동 여자》

연여름 《2학기 한정 도서부》

서미애 《나의 여자 친구》

김원영 《우리의 클라이밍》

정지돈 《현대적이라고 말할 수 없는 죽음들》

이서수 《첫사랑이 언니에게 남긴 것》
이경희 《매듭 정리》
송경아 《무지개나래 반려동물 납골당》
현호정 《삼색도》
김 현 《고유한 형태》
이민진 《무칭》
김이환 《더 나은 인간》
안 담 《소녀는 따로 자란다》
조현아 《밥줄광대놀음》
김효인 《새로고침》
전혜진 《고르디우스의 매듭을 자르면》
김청귤 《제습기 다이어트》
최의택 《논터널링》
김유담 《스페이스 M》
전삼혜 《나름에게 가는 길》
최진영 《오로라》
이혁진 《단단하고 녹슬지 않는》
강화길 《영희와 제임스》
이문영 《루카스》
현찬양 《인현왕후의 회빙환을 위하여》
차현지 《다다른 날들》
김성중 《두더지 인간》

위픽은 위즈덤하우스의 단편소설 시리즈입니다.
'단 한 편의 이야기'를 깊게 호흡하는
특별한 경험을 선사합니다.

이 작은 조각이 당신의 세계를 넓혀줄
새로운 한 조각이 되기를.
작은 조각 하나하나가 모여
당신의 이야기가 되기를.

당신의 가슴에 깊이 새겨질
한 조각의 문학, 위픽

위픽 뉴스레터 구독하기
인스타그램 @wefic_book

- 53

## 인현왕후의 회빙환을 위하여

**초판 1쇄 인쇄** 2024년 6월 21일
**초판 1쇄 발행** 2024년 7월 10일

**지은이** 현찬양
**펴낸이** 최순영

**출판2 본부장** 박태근
**스토리 독자 팀장** 김소연
**편집** 곽선희 김해지 이은정 조은혜
**디자인** 이세호

**펴낸곳** ㈜위즈덤하우스   **출판등록** 2000년 5월 23일 제13-1071호
**주소** 서울특별시 마포구 양화로 19 합정오피스빌딩 17층
**전화** 02) 2179-5600   **홈페이지** www.wisdomhouse.co.kr

ⓒ 현찬양, 2024

**ISBN** 979-11-7171-703-3 04810
      979-11-6812-700-5 (세트)

**값** 13,000원